GRAND AMOUR

ERIK ORSENNA

GRAND AMOUR

roman

FRANCE LOISIRS
123, boulevard de Grenelle, Paris

Une édition du Club France Loisirs, Paris,
réalisée avec l'autorisation des Éditions du Seuil.

ISBN : 2-7242-7796-1

Pour Judith, pour Sébastien
Pour les collégiens du premier Septennat

J'aime les pays où l'on a besoin d'ombre.

STENDHAL

Dédicace

Qui a écrit la Bible ?

Dieu, loué soit-Il, a créé l'univers, nul ne le conteste. Mais la Bible, a-t-Il aussi créé la Bible ? Il faudrait que le huitième jour, après le fameux repos du septième, Il ait convoqué une oie, ait arraché une plume de son postérieur flatté de tant d'attention divine, puis derechef ait invité une seiche, l'ait rendue hors d'elle par quelques taquineries dont Il a le secret et lorsque, de colère, elle eût craché son encre, Il y ait plongé la plume et ainsi, sur quelques papyrus apportés là par un zéphyr courtisan, Il ait écrit, Lui-même et, bien sûr, sans aucun pâté ni rature, ni besoin d'alcool, ni la moindre muse, le plus immense et permanent best-seller de toute l'édition.

Hypothèse à l'évidence envisageable : tout est possible avec Dieu.

Mais si, au contraire, Il avait accepté une sorte de partage des tâches ? A Lui la Création ; aux humains, le reste, c'est-à-dire le récit, le commentaire, le Livre…

Quand mon métier de discours et d'amour m'en

laisse le temps, et d'ailleurs de plus en plus souvent, l'âge venant, je me replonge dans l'histoire de cette Paternité.

En quelques rêveries bien ordonnées je retourne au XVe siècle dans cette bonne ville de Florence aux collines, l'été, si propices à la sieste. Je revêts l'habit d'évêque et me mêle aux discussions de cet interminable concile commencé à Bâle huit ans plus tôt. Oui, depuis 1431, nous, théologiens scrupuleux, tentons de nous mettre d'accord. Quel est le véritable auteur de la Bible ?

N'ayant jamais été d'un grand courage, je défends pour ma part, et scrupuleusement, la ligne prescrite par Rome. Dieu s'est incarné deux fois :

1) dans Son fils,

2) dans le langage humain.

Conclusion : il n'y a d'autre père au Livre que le Saint-Esprit. Le reste n'est qu'agitation de scribes amers et vanité humaine.

Les envoyés du Pape hochent la tête. Ils sont satisfaits de moi. Ils feront un bon rapport. Sans doute me proposeront-ils pour un poste de Cardinal. Qui résisterait aux charmes de l'uniforme, sa couleur pourpre, et surtout le chapeau, le grand chapeau rond d'où pendent des glands de laine qui gigotent dans l'air comme abeilles en belle saison ?

Mais le soir, c'est plus fort que moi. Le besoin de vérité l'emporte sur toute prudence. Je sors, débarrassé de ma soutane. Je me promène le long du fleuve Arno. Et là, dans les brouhahas italiens d'après-dîner et la senteur des pierres chauffées par le soleil du jour, sans cesse interrompu par un boniment de cartomancienne, un appel à l'aumône ou une cavalcade de jeunes patriciens éméchés, je raconte à qui veut bien m'écouter, et preuves à l'appui, comment la Bible fut vraiment écrite, ces mille années de conteurs suivies par mille autres années de porte-plume.

On me demande d'où je tiens ces détails, cette mauvaise grippe du roi David par exemple, qui le retarda dans la mise au propre de ses psaumes tout février 980*. Je me garde bien de répondre. On froncerait les sourcils. On me dirait : tiens, tiens, vous étiez déjà vivant, il y a deux mille cinq cents ans ? On m'accuserait de sorcellerie. On m'entraînerait pour me brûler. Et pourtant c'est un fait, j'ai connu le roi David. A force d'écrire pour d'autres, les nègres, grands et petits, sont devenus nomades. Ils circulent sans effort dans les époques comme dans les personnalités. Privilège de l'effacement.

C'est à eux, à mes collègues nègres, écrivains fantômes de tout siècle et de tout pays, en confraternel et affectueux hommage, que j'adresse ces souvenirs d'aventures et de sentiments. Qu'ils n'y voient surtout pas un appel à la révolte ou à la revendication : nous appartenons à l'ombre et y devons demeurer. Ils comprendront ce que sont ces pages : une modeste contribution à l'infini dossier de la Paternité.

* Avant Jésus-Christ.

Les autobiographies

Pagure, du grec *pagouros* (« qui a la queue résistante »), synonyme bernard-l'ermite, crustacé décapode anomoure dont l'abdomen nu et mou se loge dans une coquille empruntée.

Grand Dictionnaire encyclopédique Larousse
tome VIII (édition 1963).

Peu après le milieu du XXe siècle, au cœur de ce petit nombre d'années optimistes, ignorantes du chômage et de la guerre, durant lesquelles les salles de bains se multiplièrent en Europe, les cuisines s'équipèrent et, du fait de l'invasion des télévisions, les nuits des villes prirent cette teinte bleutée clignotante qu'on leur connaît aujourd'hui, au sein même de ces années de folle croissance vivait un adolescent anachronique. Il n'avait que deux goûts dans la vie, et tous les deux démodés : la chevalerie et la grammaire. Courir de cause perdue en cause perdue avec au poignet la couleur d'une femme, repérer les liens secrets entre les mots lui semblaient les deux versants, indissociables, de la seule existence humaine qui vaille.

Ainsi, tout en s'initiant avec délices aux règles inextricables de sa langue, il s'était acquis un vrai savoir en matière de chevalerie. Il connaissait tous les détails disponibles sur la vie des vedettes, Roland de Roncevaux et son vainqueur Bernard del Carpia, mais aussi sur la foule des seconds couteaux, souvent tout autant valeureux, mais dont seul a parlé Cervantès, tels

Quirieleysson de Montauban et son frère Thomas, ou Rodrigue de Narvaez, gouverneur d'Antequera. Et, au lieu de faire ses devoirs de mathématiques, il entretenait une correspondance nourrie avec tous les médiévistes du monde, passionnés comme lui par cette question de fond : l'historicité des chevaliers de la Table ronde. Le roi Arthur, la reine Guenièvre, le preux Lancelot (amant de la précédente), Merlin l'Enchanteur avaient-ils *vraiment* existé ? Avaient-ils fini par découvrir le Saint-Graal, le ciboire dans lequel Joseph d'Arimathie avait recueilli le sang du Christ ?

Bien sûr, ses parents, effrayés par de telles obsessions, consultèrent d'innombrables orientateurs et psychologues dont la vogue commençait. Tous ces doctes spécialistes conclurent de même manière : cet enfant présente les signes manifestes de la névrose, mais il est conséquent. C'est un moraliste. Il a besoin de codes. Or la chevalerie est une grammaire. Et réciproquement. La première est l'honneur des hommes, la seconde l'honneur des mots. Bon courage.

En dépit de ces menaces à peine voilées, notre héros parvint sans encombre au baccalauréat, ce rituel sélectif assez cruel qui rappelle aux enfants l'existence du monde réel et donc que l'enfance va bientôt finir. Il fallait choisir une voie.

L'adolescent démodé tenta, le temps d'un épuisant été, le cyclisme. Cinq cents ans après la fin du Moyen Age, seuls les coureurs du Tour de France pouvaient s'apparenter aux chevaliers : ils en avaient la vaillance et comme eux, à longueur de journée, chevauchaient une monture. Mais même les petites côtes de Bretagne étaient trop dures pour notre héros. Qui n'a pas six litres de capacité pulmonaire doit abandonner toute perspective de maillot jaune.

Restait la grammaire.

L'étudiant descendit donc quatre années sous terre puisque s'y trouvait sa nouvelle demeure. La grammaire était un grand terrier, une sorte de métro paisible, débarrassé de tout voyou. On n'y rencontrait que des doux, un peuple de passionnés courtois où dominaient les étrangers. On pouvait comprendre cet intérêt des Belges, des Suisses : ils partageaient notre langue et, moins que nous pourris de suffisance, ils ne jugeaient pas indignes d'eux de scruter ses secrets. Mais pourquoi tant de Suédois, de Danois ? Pourquoi, dans leurs longs hivers, avaient-ils choisi l'étude du français ? A cause de sa clarté, de sa transparence, bon remède à leurs nuits perpétuelles ? Toujours est-il que ces Scandinaves nous ouvraient le chemin. Je me souviens d'un certain Andersson (*Études sur la syntaxe et la sémantique du mot français « tout »*) et des deux volumes de Blinkenberg (*L'Ordre des mots en français moderne*).

Ensemble nous parcourions les galeries du terrier, tentions l'une après l'autre toutes les correspondances. Peu à peu se dessinait le plan.

Au-dessus, très au-dessus de nous, presque inaudibles, les bruits de la ville, ses bavardages. Nos compatriotes parlaient, parlaient, sans se douter de notre présence sous leurs semelles, nous les horlogers, les explorateurs de la société des mots.

Une fois l'an, le premier dimanche de mai, nous refaisions surface. Partie de campagne. La Sorbonne organisait un pèlerinage. Nous partions en car, petit car : les grammairiens ne sont pas légion. Direction certaines ruines à l'ouest de Paris, Port-Royal, une abbaye de la vallée de Chevreuse rasée par le roi de France en 1711 pour cause d'indépendance intellectuelle. Haut lieu de la pensée chrétienne : étrange mélange de pessimisme théologique (Dieu n'accorde Sa grâce qu'à quelques élus) et de confiance dans la raison humaine. Là, quelques solitaires avaient défié Louis XIV, méprisé l'Église, réinventé les Mathématiques et fondé la Pédagogie moderne. Là, Blaise Pascal avait continué un dialogue commencé avec Dieu dans la nuit du 23 novembre 1654. Là, pour reprendre pied dans la vie domestique, il avait construit dans le grand puits couvert une machine permettant à un enfant de remonter des sources, profondes de vingt-sept toises, cent quarante kilos d'eau.

Là, Jean Racine avait appris à lire.

Là, surtout, en 1660, Antoine Arnauld et Claude Lancelot avaient écrit une *Grammaire générale et raisonnée*. Et nos maîtres, les yeux brillants, tremblaient d'émotion : la méthode de Descartes appliquée à l'étude de la langue, vous vous rendez compte ? En dévorant leur pique-nique au pâté, assis autour de la mare où sommeillaient les carpes, les adolescents pâlichons essayaient d'imaginer cette marée de logique déversée sur un XVIIe siècle encore pétri de magie et de superstitions et, la bouche pleine, ils marmonnaient des mots sans suite, laïcité, intelligibilité du monde…

Au-dessus de nos ruines, des petits avions tournoyaient. Cette année-là, la presse, à pleines colonnes, cherchait à percer « l'énigme de Nazca », ces géométries géantes inscrites sur le sol du Pérou il y a deux millénaires et dont seule une vue aérienne permettait d'embrasser la totalité et de comprendre le sens.

Alors une Thérèse un peu dégoûtante (longs poils noirs sur les avant-bras) tendit le doigt vers le ciel :

– Et si l'on voyait la grammaire de là-haut ?

Si grandes étaient notre obsession et notre confiance, à l'époque, que nous en aurions juré : oui, juste sous la terre de France, à condition de s'élever assez, on pouvait repérer les grandes lignes de notre syntaxe, les fondations de tout notre si beau babil français.

Ce matin-là d'été, tandis que s'étalaient sur le tableau noir de l'amphithéâtre René-Descartes huit mots énigmatiques, le sujet de l'épreuve (« Noam Chomsky et la grammaire de Port-Royal »), et que montaient, par la fenêtre ouverte sur la cour de la Sorbonne, des grincements de guitares étudiantes, des cris d'enfants, des chants d'oiseaux et des odeurs diverses à dominante carbonique, le candidat rédigeait sa dissertation comme on pagaie sur un fleuve au courant favorable : mollement. L'avenir ne méritait pas plus d'effort. Après ce concours d'agrégation suivrait l'affectation. Après l'affectation, la promotion. Bâiller…

Au bout de la troisième heure d'efforts (« Chomsky rejoint ici Hjelmslev et la glossématique pour constater la relativité des modèles grammaticaux »), il se rendit compte que son voisin était une femme.

Jamais, jusqu'à ce jour, notre adolescent ne s'était laissé envahir par le sexe. Quelques bouffées lui étaient montées, vite apaisées par la lecture ou la terreur du péché mortel, ennemi prioritaire du chevalier. Heureusement, le besoin irrépressible de coucher au plus vite avec cette voisine-collègue grammairienne était irréalisable. Il s'agissait à l'évidence d'une Intouchable. Grande, à en juger par la taille des bras et l'élancé du buste. Blonde, cheveux tirés en arrière, genre bord de mer chic, sortie de la messe à Dinard ou Beg-Meil. Blouse blanche bien fermée au cou et aux poignets d'une cordelette rouge. Les yeux les plus redoutables, bleus, qui vous traversent sans prendre le temps de vous voir. Et l'assurance de qui détient un savoir rare et donc incontesté : par exemple parler couramment le latin de Virgile. Bref, aucune chance.

Alors intervint Dieu.

Quand reviennent les beaux jours, le Créateur a pitié des timides. Les timides occupent une place de choix dans Son cœur. Il sait qu'à cette race maudite appartiennent les nègres, scribes, fantômes, les auteurs de Son livre, la Bible. Et Il devine, bien moins pudique qu'on ne croit, que ces infirmes aussi ont une sexualité. Chaque année donc, vers juin, juillet, Il choisit dans ce peuple souffrant un ou deux élus à qui Il met le pied à l'étrier.

Comment expliquer autrement que ce jour-là l'Intouchable, jusqu'à présent maîtresse absolue de ses nerfs, et l'exemple même de la bonne élève, se soit mise à pleurer ? D'abord des reniflements. Puis une agitation désordonnée de la blouse à cordelette rouge.

Les timides ont toujours des rêves de hauts faits. Ils pensent que la seule façon d'aborder une femme, c'est de lui sauver la vie : plonger dans les flammes évite de piquer un fard. Sans attendre ni même prendre le temps de remercier Qui de droit, le chevalier grammairien vola, plume à la main, au secours de la très jeune femme qui pleurait. Il bâcla son devoir, changea de stylo, griffonna sur un brouillon quelques essais d'écriture maquillée et, d'un seul jet, dans une sorte d'exaltation d'ordre mystique, il rédigea une seconde dissertation qui fut glissée à la belle en profitant des désordres du ramassage final (allons, mesdemoiselles, messieurs, c'est l'heure). Elle n'eut plus qu'à inscrire son nom sur l'œuvre anonyme, tandis que le chevalier, après avoir remis sa propre copie, quittait, tête haute, la place de son fait d'armes.

Lequel chevalier fut rattrapé dans l'escalier qui sentait l'eau de Javel.

– Je m'appelle Frédérique, dit l'Intouchable, et je sais remercier, fais-moi confiance. Tu me donnes ton adresse ?

Et elle disparut. Sa jupe était en vichy rouge. Comme la plupart, à l'époque.

Alors que tous les autres candidats, dans l'attente des résultats, se rongeaient les sangs, notre adolescent vécut joyeux les semaines suivantes. Non qu'il espérât revoir la Frédérique. Le bonheur étant ce qu'il est (au mieux une nostalgie), il n'y avait pas la moindre chance qu'elle tînt sa promesse. En revanche, cet examen désuet, l'agrégation de grammaire, avait ouvert une petite porte dans l'horizon : et si la plume était un outil de chevalerie ?

Une fin d'après-midi, coup de sonnette : Frédérique.

– Je viens du ministère. J'ai vu les résultats : reçue. Et, grâce à toi, dix-huit sur vingt. Dans ma pire matière. Un miracle. Sans toi, jamais je n'aurais franchi la barrière de l'écrit. Chose promise, chose due, je t'emmène.

Un taxi attendait en bas. Il longea la Seine, bordée d'entrepôts, de hauts silos gris, et puis la Marne qui coulait comme en vacances entre des pavillons de plaisance. Le taxi ralentissait, on le sentait tout alangui, d'humeur flâneuse et mutine. Il glissait sur le chemin de halage, au lieu de rouler, il flottait, lui aussi, comme les péniches en contrebas. Il finit par s'arrêter devant une guinguette. Le chauffeur nous laissa partir à regret. Il traînait pour rendre la monnaie. Il avait des yeux suppliants : et si vous me gardiez avec vous ce soir ?

La salle était encore vide. Dans le fond, l'orchestre fourbissait ses armes. Les tables portaient des nappes aux motifs et couleurs de la jupe de Frédérique, je l'ai dit : vichy rouge. Ma compagne passa pour les deux commande, pas de hors-d'œuvre, direct la résistance, et choisit du vin rosé sans lequel, d'après elle, l'été n'était pas l'été.

– Mademoiselle fête quelque chose ? demanda le serveur, goguenard.

– Mademoiselle remercie.

Deux mots dits d'un air tel qu'il rougit, le goguenard. Et à peine eut-il tourné les talons qu'elle plongea sous la table.

Et c'est ainsi qu'elle témoigna pour la première fois sa gratitude. Un bref instant, et tandis qu'on commençait à le prendre en charge, le jeune homme démodé se demanda s'il pouvait accepter un tel hommage. Il fouilla rapidement dans ses lectures d'où il ressortait que l'amour courtois, en dépit des efforts de l'Église, des airs de luth et des quatrains sucrés, n'était jamais parvenu à apaiser l'appétit sexuel des humains. Alors, soulagé, grignotant du pain pour se donner contenance, souriant bêtement à l'accordéoniste qui avait remarqué le manège et, d'un air complice, avec force œillades, faisait courir ses doigts sur les touches de nacre, il s'abandonna.

Frédérique refit surface, juste comme le serveur apportait le plat du jour. Elle remit de l'ordre successivement dans sa robe, dans la nappe, dans ses cheveux blonds d'Intouchable. Elle se versa un verre de rosé, but lentement, les yeux fermés. Ensuite, le menton entre les paumes, accoudée sur le vichy rouge, elle rouvrit les yeux et, sans quitter du regard le chevalier (bouleversé), expliqua le programme des prochains jours.

– Grâce à toi, j'ai eu dix-huit. Donc nous le ferons, toi et moi, dix-huit fois. Moins une, aujourd'hui, égale dix-sept. Pas une de plus. J'ai un fiancé, tu comprends. Au-delà, il serait en droit de me battre. Et seulement le jour. La nuit, c'est une preuve d'amour. D'accord ?

Le chevalier était d'accord. Et dix-sept fois, à l'aube, il poussa la porte d'un vaste appartement de la rue de Douai, déserté pour raison de congés d'été familiaux. La jeune fille reconnaissante changeait de chambre chaque jour. Elle devait penser que ce nomadisme la préservait du péché d'infidélité. Le chevalier visitait peu à peu les lieux, engrangeant au passage et bien malgré lui des savoirs indiscrets : une ridicule photo de mariage, un recoin pas très propre, la pointe d'une cravache dépassant d'un tiroir. Enfin, le grammairien découvrait la grammairienne qui jouait l'endormie.

– Mon Dieu, balbutiait soudain Frédérique, se rappelant son fiancé.

On la comprend.

Les caresses appellent les caresses, et les remerciements des réponses. Comment s'arrêter, une fois lancée la ronde des gratitudes ? Pourtant Frédérique y tenait à cette limite de dix-huit – dix-huit fois, pas une de plus. Chiffre, avouons-le, depuis longtemps dépassé si l'on prenait en compte tous les pics du plaisir. Avec une belle hypocrisie – mais qui la condamnera ? – elle se consolait de la manière suivante : puisque mon fiancé ne peut être vraiment jaloux que de mon plaisir à moi (la plupart des hommes sont soulagés quand une femme fautive jure sur l'honneur n'avoir rien, mais rien éprouvé avec l'autre), et puisque entre les pics, la sensation n'est pas désagréable, comptons pour une seule fois cet agrément quotidien et n'en parlons plus.

Pendant ce temps-là, le chevalier bâtissait des châteaux en Espagne. Homme de livre mais d'aucune expérience, la marée des corps lui faisait perdre la tête. Ébloui de s'entendre, d'une voix de gorge, réclamer positions nouvelles et récidives, il s'exaltait. Il croyait, le malheureux, qu'on peut déduire de spasmes un sentiment durable. Il avait des excuses. Frédérique n'était pas seulement une qui prend. Elle savait, elle aimait offrir. Elle multipliait les petits cadeaux : mots doux, câlineries, œillades complices.

Et surtout, sans cesse elle changeait d'âge : un instant ridée, exigeante, mâchoires serrées, mains crispées comme accrochées au plaisir qui monte, on lui aurait bien cru la cinquantaine, et l'instant d'après gamine, pouffant dans ses paumes comme d'une bonne blague à la récré. Une femme qui s'expose ainsi et donne à voir tous les âges de sa vie ne peut être une indifférente, tout de même !

Alors, c'est en poussant des « elle m'aime, elle

m'aime » de plus en plus tonitruants, qu'après et malgré ses jambes flageolantes, il dégringolait les trois étages. Par chance pour la réputation de Frédérique, la concierge n'entendait pas : c'était son heure d'aspirateur.

La dernière fois, le chevalier poussa la porte, comme tous les autres petits matins précédents. Il chaussa ses pas de loup, salua le parquet son complice pour qu'il ne craque pas, et commença sa visite, le cache-cache rituel. Frédérique avait fait la nuit dans l'appartement, tiré les rideaux devant les volets. Rien que de normal : elle était du genre à pimenter les rendez-vous, surtout l'ultime. Il avançait au jugé, aux souvenirs. Il pensait maintenant se trouver dans la chambre de maîtres, face aux photos de mariage. Il faillit sauter sur le lit.

Quelque chose l'en empêcha, comme une solennité de l'air. Il demeura immobile à scruter le noir.

Le lit apparut d'abord, le grand carré clair, puis deux formes allongées, de plus en plus précises, une femme nue à plat ventre et un homme, tourné vers elle, comme s'il ne la quittait pas des yeux, un homme habillé, oui habillé de blanc, comme ces tennismen des années trente, chemise à manches relevées et longs pantalons à revers.

Le chevalier se détourna et il quittait la chambre quand déboula du couloir, sans aucun bruit, dans sa voiture à pédales, un petit garçon roux avec deux épis comme des cornes au sommet du crâne. Découvrant l'intrus, le conducteur pila net. Et sa bouche s'ouvrit pour crier.

Alors le chevalier s'approcha, lentement, lentement, avec cette lenteur, dit-on, qui seule empêche les chiens de mordre. Il prit dans ses bras l'enfant qui tremblait comme un oiseau. La voiture vint avec. Et c'est ensemble, la voiture, l'enfant et le chevalier, toujours avec la même lenteur, c'est ensemble, désormais inséparables, qu'ils gagnèrent la cuisine (où la septième et la onzième fois Frédérique avait fait semblant de dormir).

Le chevalier du baccalauréat installa son camarade sur sa chaise (dossier Donald Duck) et, sans le quitter des yeux, toujours au ralenti, il ouvrit les placards, sortit les bols, les paquets, la casserole, alluma le feu, versa le lait, la Maïzena, la poudre Eleska, et tourna la cuillère.

Ils l'ont trouvé là, le chevalier, dans la cuisine, petit déjeunant face à l'ange roux dont le regard se faisait de plus en plus moqueur, ils l'ont trouvé, tous les membres de la famille, d'abord la mère, une longue brune au regard grave et au peignoir vert d'eau mal fermé, puis le frère, onze, douze ans, il est entré sans lever la tête, plongé dans un livre illustré sur la vie des fourmis, Frédérique a suivi, titubante, marmonnant des mots sans suite sur l'urgence d'un jus d'orange et sur sa nuit trop courte, et sur ce fiancé décidément trop fou de danse, enfin le père, cheveux blonds laqués ramenés en arrière et lunettes rondes, des gestes timides et amples, le tennisman de la nuit.

Et aucun d'eux étonné par cette présence étrangère, comme si le chevalier n'était qu'un jeune homme au pair chargé de veiller sur l'enfant roux.

Sitôt la dernière tartine avalée et le petit peuple dispersé, ils sont restés là, tous les deux, rien que deux, le tennisman et le chevalier, parmi les miettes et les petites flaques de lait. Et le tennisman a parlé, parlé, il parlait dans son sourire.

– Gabriel, puisque Gabriel vous vous appelez, n'est-ce pas ? Gabriel donc, vous l'avez noté comme moi, ma fille ne vous aime pas. Bien. Dommage en un sens, car vous m'êtes sympathique. Mais que pouvons-nous, vous et moi, aux sentiments d'une femme ? Ma fille vient de vous tuer. Ne dites pas non, j'ai assisté au meurtre. Bien. La situation est triste, je vous l'accorde. Mais pas désespérée. Faites-moi confiance, je suis un spécialiste en chagrin d'amour. Et le chagrin d'amour est une chance, Gabriel. On a trop d'existences en soi, pas assez de vie et trop d'existences. Alors il faut être tué de temps à autre et, tant qu'à faire, par une femme. Autrement, ce trop-plein d'existences alourdit, enchaîne. Les gens sans chagrin d'amour sont des pauvres types, croyez-moi, Gabriel, des pantouflards, des casaniers…

Un tel lyrisme ragaillardit.

– Ah, ça va mieux, on dirait. Vous ne vous sentez pas plus léger, Gabriel, voyageur ?

Le chevalier a balbutié, léger oui c'est ça, et vous avez raison, un petit peu voyageur.

Je me souviens de tout : j'avais le corps plein de larmes, je me sentais léger et voyageur, mes avant-bras collaient à la toile cirée jaune.

– Bravo. Quand on n'est pas aimé, on n'est personne. Et quand on n'est personne, on peut devenir n'importe qui. C'est bien ce que je vous disais. Les chagrins d'amour sont des agences de voyages. A propos, vous avez un métier ? Futur enseignant ? Vous ne préféreriez pas plutôt écrire des autobiographies ? La grammaire, autant qu'elle serve à raconter de belles histoires, non ? Autrement, c'est une sorte de squelette qui rouille dans la tête.

Et c'est ainsi que je, issu d'Alsina O., lieutenant de vaisseau un beau jour disparu, et de Marguerite, née Tuffeaux, visiteuse médicale spécialiste du médicament *ad hoc* pour chaque occasion, soussigné Gabriel O., entrai dans l'édition pour y accomplir mon destin nomade.

Le quartier des éditeurs est une véritable République, une sorte d'État du livre qui occupe à Paris la même situation que le Vatican dans Rome : mêmes frontières sans douaniers, même concentration au cœur de la ville historique, même objet social (contacts en tout genre avec l'Invisible, commercialisation de l'Esprit). Et les maisons d'édition ressemblent, on s'y tromperait, à des congrégations : même ferveur, mêmes voix basses dans les couloirs, mêmes bureaux minuscules, mêmes manières doucereuses des responsables, entre elles mêmes concurrence acharnée et vacheries frustrées. Sans compter les prix littéraires qui ne sont que des copies de fêtes votives et l'entrée dans la collection Pléiade-papier bible qui vaut canonisation.

Ce climat de principauté religieuse ne pouvait que ravir un amateur d'ancien temps.

Et l'écriture d'autobiographies se révélait la plus douce, la plus maternelle, la plus nutritive des occupations. D'accord, ça ne valait pas la Banque pour les fins de mois, mais on se sent si bien dans la vie des autres ! Ce ne sont pas les médecins, les psychiatres qui vous diront le contraire : eux aussi n'existent que d'écouter. Comme certains cambrioleurs, plus nombreux qu'on ne croit et bien connus des services de police : ils n'entreraient jamais dans un appartement vide. Ils attendent que le nid soit plein. Alors, alors seulement ils crochètent la porte. Ils font leur besogne au milieu des dormeurs. Ils s'abreuvent des souffles, des ronflements. Ils s'alimentent à la chaleur des lits. Ils cambriolent d'abord de la vie quotidienne. Et, d'après ce qu'on sait, ils ne sont pas tous célibataires. Loin de là. Il y a des gens qui ont un besoin fou de famille, irrépressible, aussi pressant que l'obsession du sexe, peut-être plus.

La première vie dans laquelle j'ai logé appartenait à un gardien de but. Durant la coupe du monde de football, organisée en Suède, la France venait de se comporter brillamment. Tout le monde se passionnait pour le ballon rond. On voulait tout savoir sur les héros de « l'épopée suédoise ». Mon gardien François était ravi de se raconter. Il me montrait ses mollets, m'expliquait comment il les avait forgés l'un après l'autre, depuis l'enfance, pour sauter haut. Et, de ses doigts aux phalanges aplaties, il m'agrippait la tête et la serrait, serrait contre lui, comme si elle était en cuir et dangereuse pour ses buts.

Nous travaillions dans un café, porte Dorée. Les consommateurs nous regardaient éberlués quand

François se livrait à ses effusions. J'en voyais chaque fois deux, trois se lever à demi, hésiter, se demander s'il ne fallait pas appeler la police, je les entendais marmonner : pédérastes, voie publique…

Il paraît que j'ai bien rendu son univers de gardien, sa religion de la cage vide. Mon employeur était satisfait. Méfiez-vous de votre lyrisme, Gabriel, mais le ton est bon.

Les réputations se font vite. Innombrables sont les gens avec une vie glorieuse et pas de mots pour la dire. Le terroir des mots, c'est le temps, et ces gens-là, tout à la construction de cette vie glorieuse, n'ont pas une minute. Les propositions affluèrent. Je déménageais de vie tous les six ou huit mois. J'enchaînais les existences. Un accordéoniste, un pharmacien radical de gauche, une grande actrice blonde qui continuait de jouer Chimène passé la soixantaine, un coiffeur du tout-Paris, un ancien des Renseignements généraux…

Chaque lundi ou presque, le téléphone sonnait chez moi. Logique : le dimanche, dans leurs résidences secondaires, en pestant contre la cheminée qui tire mal et l'enfer prévisible du retour, l'embouteillage coutumier au triangle de Roquencourt, les éditeurs lisent la rubrique « People » des journaux. Des idées d'actualité leur viennent. Le lendemain, les suggestions pleuvent : ça vous dirait, Charles Mérieux, vous savez les vaccins ? Et le trajet de Gloria Lasso, qu'est-ce que vous en pensez ? Je restais à l'appareil de longs moments, silencieux.

C'est dur de dire non. Derrière le nom glorieux évoqué par l'éditeur, j'imaginais des joies, des détresses, un univers, et rien ne me hante comme les univers dédaignés.

A l'autre bout du fil, l'éditeur s'inquiétait : Allô, allô, vous êtes toujours là ? – Oui, oui. – Alors ? – Laissez-moi un instant… – Parfait, on n'est pas aux pièces. Si ce n'est pas non, alors tout va bien. Laissez tranquillement mon idée faire son chemin. Je vous rappelle même heure, lundi prochain.

Je ne voudrais pas tout peindre en rose. Certains collègues se laissaient contaminer par l'aigreur. On peut les comprendre : leurs œuvres personnelles ne dépassaient pas deux mille exemplaires. Mais, dès qu'ils écrivaient pour d'autres, ils pulvérisaient les records de vente. Alors le désir d'un peu de gloire personnelle les tenaillait. Ils s'épuisaient l'âme, ils s'abîmaient le cœur en d'interminables procès, de véritables reconnaissances en paternité, toujours illusoires…

Cette douleur du nègre, je l'ai comprise sans jamais l'éprouver. Je savais que la vraie chevalerie est anonyme et les plus beaux destins discrets. Pourquoi Auguste Maquet, employé régulier d'Alexandre Dumas, rédacteur notamment d'un chef-d'œuvre dans le chef-d'œuvre, la deuxième partie de *Monte-Cristo* (La Revanche), pourquoi ce génie, orgueil des nègres qui d'ailleurs lui doivent leur nom (Maquet était mulâtre, très foncé de peau), avait-il eu l'idée saugrenue d'aller en justice et de s'y faire traiter de simple

« préparateur » ? Quant à Mme Colette, dès qu'elle commença à signer les ouvrages qu'elle écrivait pour son époux Willy, il est à noter que, se sentant sans doute prisonnière d'elle-même, elle dansa moins nue.

L'autre désagrément du métier tenait à certains clients. L'aventure avait pourtant commencé comme les autres, dans l'enthousiasme, la confiance, un début d'amitié. Un long, long dîner en tête à tête dans l'un de ces bistrots de luxe dont le patron finissait toujours par tourner et retourner autour de notre table tant il avait sommeil. Ou au cœur du Lubéron, je rêvassais sur un matelas gonflable tandis que, tout près de moi, plongée dans sa piscine et un bob blanc sur le crâne, la personnalité choisie par l'éditeur, issue « du monde des arts, des lettres, de l'industrie, de la politique ou de la chanson », me confessait tel ou tel détail insignifiant d'une enfance malheureuse et, d'une voix angoissée qui me réveillait en sursaut, me demandait :

– Croyez-vous que cet épisode, capital n'est-ce pas pour comprendre ma sensibilité d'artiste, intéressera un assez large public ?

Oui, pourquoi cette sympathie, cette intimité se muaient-elle parfois en haine, en haine véritable au fur et à mesure que j'écrivais, en manuscrit jeté au travers de la pièce, en coup de fil à l'employeur pour dire et répéter la nullité du nègre, en coup de poing, un vendredi, en crise de nerfs pour une phrase sur l'ambition des mères, pourquoi ? Semblable à celle qui frappait les égyptologues violeurs de pyramides, y a-t-il une malédiction à écrire l'autobiographie d'un autre ? Peut-être avaient-ils honte, tous mes racontés, de manquer à ce point de mots ? Peut-être aussi, au fil des pages, Gabriel se changeait-il en miroir, en encombrant miroir ? Il est déjà si pénible de se voir un bout de visage chaque matin dans la glace, un centimètre carré de joue, un point noir à l'aile du nez, alors une vie, toute sa vie, soudain, devant soi…

– Une autobiographie est un travail collectif, avait décrété ma mère Marguerite. Tu as besoin de conseillers techniques.

Elle convoquait donc, chaque dernier jeudi du mois, au salon de thé Pons, place Edmond-Rostand, les plus vieilles de ses amies. Je m'arrangeais pour venir en avance. Je m'installais en terrasse et je les voyais arriver, le long du Luxembourg, débouchant de la rue Médicis, une à une, à petits pas ou bien alertes, un peu perdues dans la foule des étudiants, Delphine Cazeneuve patronne à Cherbourg d'un magasin de papiers peints et qui montait à Paris pour l'occasion, Judith Josas qui vendait des chinoiseries place des Vosges, Mme Bourrel, dont je n'ai jamais su le prénom, ancienne modiste et passementière de la rue Faidherbe, Catherine Laurent, qui avait renvoyé son mari pour cause d'ennui et tenait seule une agence de location, avenue de Versailles, voitures de luxe en tout genre, spécialité noces et tournages de film… et d'autres, moins régulières, des épisodiques, selon mes besoins, une Cécile, par exemple, native de Smyrne, comme Dario Moreno, l'homme de spectacle dont je m'occupais alors…

Comment Marguerite avait-elle tissé ce réseau ?

Elles dévoraient les gâteaux, notamment les tartes aux poires William, la merveille de chez Pons. Et puis, rassasiées, avaient réponse à tout. A croire que les sucreries les décrochaient du présent, leur permettaient de remonter sans effort le cours de leurs vies. Sitôt que j'avais mentionné un lieu, une date, elles m'abreuvaient de détails, ces détails qui vous ressuscitent une époque, la forme des robes, le temps cet été-là, une réclame sur l'autobus, le parfum à la mode. Une formidable émulation les avait envahies. D'un rendez-vous à l'autre, elles n'arrêtaient pas d'enquêter. Elles revenaient toutes fières avec des trésors, une photographie de Studebaker, un prospectus défendant le mérite du Touquet, Paris-Plage.

Pas étonnant que mes autobiographies aient eu un tel succès. Grâce à mes amies, je les lardais de temps, de vrais petits morceaux d'autrefois. Larder, c'est la recette de la saveur, pour un récit comme pour un bœuf-mode.

J'ai gardé pour la fin Lucienne, la plus troublante, châle violet, cheveux gris, vieille dame comme les autres, sauf qu'elle montrait ses jambes, deux chefs-d'œuvre, le mollet comme un ventre de yacht, la cheville fine, fragile, où plissait toujours le bas, clin d'œil magique que ce pli-là : eh oui, jeune homme, plus haut sur ma cuisse nue tourne un peu, je n'y puis rien, ma jarretelle, et si le cœur vous dit de la remettre d'aplomb...

Lucienne, son empire à elle, c'était la chanson.

Elle avait été l'habilleuse de Lucienne Delyle (*Tant que nous nous aimerons* ou *Tu n'as pas très bon caractère*). Lucienne Boyer aussi avait été son amie (*Parlez-moi d'amour*, *Les Prénoms effacés*, *Mon petit kaki*). On les appelait « les trois Lucienne ». Et puis le trio s'était défait. Des jalousies. La leucémie. Dont Lucienne Delyle était morte.

Ma Lucienne à moi s'appelait Montbreuse, une lointaine cousine de la Gaby du même nom, celle qui triomphait en 1917 avec *Je cherche après Titine*. Le music-hall est une grande famille.

Lucienne me fournissait en chansons. Rien de tel qu'un refrain pour dater un récit. Je lui donnais une année, elle m'en fredonnait les airs. 1951 ? *Comme un petit coquelicot, madame, comme un petit coquelicot.* 1934 ? La chanson de Tessa, *Si je meurs, les oiseaux ne se tairont qu'un soir*. Eh oui, Gabriel, je l'ai entendue au théâtre de l'Athénée, c'était dans une pièce de Giraudoux, attends que je me souvienne, *La Nymphe au cœur fidèle*, Louis Jouvet, Madeleine Ozeray...

Ainsi, mes autobiographies débordaient de chansons. Avouons-le, j'abusais de la méthode. Mais tout le monde était content. « A vous lire, Gabriel, on sent que le temps passe. Comment faites-vous, si jeune ? » Je baissais modestement les yeux et courais remercier ma vieille dame.

Elle n'aimait pas les fleurs. Elle préférait les promenades. « Ça m'irrigue la mémoire. » Bras dessus, bras dessous, en nous cachant des autres enquêtrices du café Pons – de jalousie elles m'auraient arraché les yeux et lui auraient tailladé ses miracles de jambes –, bras dessus, bras dessous et sifflotant du Trénet, nous partions en pèlerinage. Lucienne avait un faible pour les hauts lieux disparus. Elle considérait que les anciens théâtres méritent autant d'attention que les humains morts. Combien d'heures avons-nous passé rue de Malte, face à l'Alhambra fermé ? Ou rue Molière, dans le café des Arts ?

Souvent, Marguerite venait nous rejoindre. Avant toute chose, elle me trouvait mauvaise mine. J'essayais de lui expliquer que ma pâleur n'avait pour cause que cette avalanche de passé. Un petit rayon d'avenir ou même de présent et je retrouverais mes joues roses. Elle ne voulait rien entendre. Elle renversait son cabas sur la table, farfouillait dans l'amas des flacons, des gélules, et me tendait un petit cocktail.

– Je compte sur vous, Lucienne, vous qui avez de l'influence sur lui, un de chaque, avant les repas. Mais, Gabriel, si tu pouvais changer de métier, aussi. La vie des autres te crève, ça se voit.

Lucienne hochait la tête.

– Je m'obstine à le lui répéter. Il devrait écrire des chansons. C'est plus court et ça raconte mieux.

Je souriais sans rien dire. Lucienne avait raison. J'avais une indigestion de toutes ces pages. Après tout, qu'est-ce qu'une vie, une vie entière ? Un refrain, quelques couplets. Et tout est dit. Pour la plupart de mes racontés, vingt lignes auraient suffi à épuiser leur existence. Le reste n'était que remplissage.

J'étais d'accord, prêt à changer. Ne manquait plus que la musique. Je souriais tristement à Marguerite. Elle non plus n'avait pas choisi le bon métier. Les médecins à qui elle devait présenter sa marchandise la faisaient attendre, attendre. Ma mère passait après le dernier des clients, après tous les bobos, toutes les grippes, les otites, les hypertensions, les diabètes, après toutes les petites et grandes misères. Elle avait bien du courage à ne pas se croire malade ou, pire, maladie elle-même. Elle savait par cœur *Jours de France*, le journal des salles d'attente.

Un soir, sur le boulevard Poissonnière, nous venions de rendre hommage à feu l'ABC (Georges Ulmer, Patachou, Eddie Constantine) changé en cinéma, Lucienne me prit la main.

– Allez, mon petit, on y va. Tu veux bien ? Depuis tout ce temps que tu me regardes les jambes… J'ai besoin d'éprouver encore, tu comprends, encore une fois. Alors, c'est oui ?

Voilà comment Gabriel O., autobiographe, fut par une vieille amie à lui entraîné dans la chambre 109 à papier peint crème de l'hôtel Ronceray où il fit connaissance avec l'âge d'une femme, les rides et la douceur, l'exigence presque cruelle et soudain les larmes aux yeux. Il ressortit au milieu de la nuit, comme fermaient les grilles du passage Choiseul, plus encore que bouleversé, rassuré, sifflotant, éperdu de gaieté, infiniment joyeux par ce qu'il venait d'apprendre : contre le goût qu'il avait des femmes, la vieillesse, ni la leur ni la sienne, ne pourrait rien jamais.

– Ô toi, homme long, ni peul ni bambara et, sauf ton respect, conçu sous la lune, vu ta pâleur…

Gabriel, éberlué, considéra le personnage qui venait de l'arracher au sommeil en tambourinant furieusement contre la porte : un nègre petit de taille, grave de physionomie et porteur d'une guitare a ventre obèse.

– … est-ce bien toi le nageur sans effort d'une existence à l'autre, le caméléon secret des personnalités, le pisteur infaillible dans la jungle des exceptions grammaticales, sur le lac des mots le manieur obstiné de la pagaie métallique plume Blanzy-Poure ou Sergent-Major, bref, ton nom, présentement, est-il Gabriel O. ?

Notre héros, résistant mal à une sorte de vertige, hocha la tête. Le Noir posa sur le paillasson sa guitare obèse, plongea la main dans la poche de son pantalon bouffant bleu pâle, et sortit une feuille.

– Telle est ma recommandation.

Gabriel lut : « Le porteur peut apprivoiser pour vous la plupart des êtres humains vivants de sexe féminin, et donc vous rendre moins rugueux le commerce de la vie, ce que je souhaite bien sincèrement. Léopold Sédar Senghor. »

Je connaissais un peu le président-poète sénégalais. Les Éditions du Seuil m'avaient envoyé chez lui, square de T., près de la porte d'Asnières, pour le convaincre de renoncer (« vu les contraintes commerciales actuelles ») à son grand projet de grammaire abyssino-latine. D'après le Président, le latin le plus pur avait été parlé sur les hauts plateaux, autour d'Addis-Abeba. Nous avions discuté des heures dans le petit appartement. Des militaires géants nous servaient le thé.

Parfois, les États du Livre utilisaient ainsi mes anciennes compétences.

Quand je relevai les yeux, je vis une main tendue.

– Hampaté-Francis Gongoloma, natif de Rufisque (première gare moderne sur le trajet Dakar-Saint-Louis), griot de père en fils, chanteur de louanges, apprivoiseur d'amour et retours d'affection, venu tenter ma chance dans le pays des anciens combattants, tarifs étudiés.

– Le Président va bien ?

– Il enterrera le ciel et la terre. Je sais tes innombrables occupations. Je ne te dévorerai pas du temps. Sauf ton respect et présentement, as-tu besoin de mes services ?

Gabriel, dont le tournis s'amplifiait, balbutia des excuses, s'éclipsa dans la cuisine, ouvrit le Frigidaire, but au goulot une rasade de vodka, alcool de grains utile pour faire remonter du grand grenier de la mémoire les souvenirs les plus enfouis tout en calmant les douleurs qui les accompagnent. Et revint deux cents francs à la main.

– Elle s'appelle Frédérique, habite la ville de Rouen, 51 rue des Archives, couleur naturelle blonde.

– Il en sera fait selon ton désir explicitement principal.

Sur ces promesses, le griot disparut. Et l'on entendit longtemps, dans l'escalier, sous la voûte, royaume de la concierge maniaque de silence, puis dans la rue de Vaugirard, ses paroles de louanges :

« Bamboula sur terre, Gabriel est le plus grand, blanc-blanc maître du pays de l'ombre, indomptable navigateur de la vie, aussi rusé que le varan et perçant que l'aigle, inconnu des ignorants mais inspirateur des autres, puisse ta santé incommensurablement résister aux vagues femelles que ta force attire (etc., etc.). »

Un matin, six jours plus tard, comme il ouvrait sa fenêtre sur cour, dominant l'habituel ronflement de l'aspirateur, Gabriel entendit la voix d'Hampaté-Francis :

« Ô harmonies irrépressibles, morceaux épars du monde marchant l'un vers l'autre, oiseau migrateur retrouvant son arbre, béni soit l'aimant qui ordonne le cours des êtres... »

Et celle d'une femme :

– Mais de quoi parlez-vous à la fin ? Je retrouve un ami d'enfance. Voilà tout. Ça vous arrive de vous taire ?

Quelques instants plus tard, coup de sonnette. Et Frédérique sur le pas de la porte. Frédérique après huit années et quelques mois. Stricte Frédérique. Tailleur flanelle grise. Chemisier pêche. Lunettes de soleil. Cheveux en arrière, catogan. Les deux Frédérique parlèrent en même temps : celle qui habitait la mémoire de Gabriel et celle qui habitait Rouen. Et ce léger, très léger écart entre le souvenir de femme et la femme d'aujourd'hui, ces quelques rides, ces yeux plus petits, la peau aussi, un brin plus sèche, cette irruption tangible, concrète du temps bouleversa notre héros.

– Bonjour, dit-elle. La vie passe et je suis venue prendre de vos nouvelles. Vous pourriez demander à votre ami noir de nous laisser ?

Gabriel appliqua ses deux paumes contre les hanches de Frédérique qui sursauta : mais que faites-vous ?

Poussée doucement par Gabriel, Frédérique recula, recula. Elle eut le temps de demander :

– Tu travailles là ?

Et c'est sur ce bureau américain d'acajou dont les cinquante tiroirs recelaient chacun un secret de l'autobiographie en cours (Roland Petit), là, elle assise écrasant le chapitre III (la rencontre du chorégraphe avec Mlle Jeanmaire qui allait devenir son interprète pour cinquante ans) et lui debout, c'est là qu'il revint en Frédérique, royaume dont le souvenir l'avait hanté, tout de houles et de bouffées musquées.

En se relevant, elle murmura mon Dieu. Gabriel tendit la main vers les lunettes de soleil :

– Je peux les garder jusqu'à la prochaine fois ?
– Il n'y aura pas de prochaine fois.

Ils se revirent donc, chaque matin du vendredi, cinq mois durant. Roland Petit avançait régulièrement en âge. Il venait de s'installer à Marseille. Et Hampaté-Francis n'avait pas reparu. De temps en temps, Gabriel entendait sa guitare toute proche, sans pouvoir repérer l'endroit exact où se tenait le griot.

Sans doute la formidable violence des corps finit-elle par effrayer le sentiment pour Frédérique que Gabriel jusque-là et malgré tous ses efforts n'avait pas réussi à extirper de son cœur. Sans doute cette même violence, qui faisait trembler Frédérique des heures avant le rendez-vous comme si une transe maudite s'était emparée d'elle, terrorisa-t-elle la nostalgie de l'ancien temps qui, chez elle, tenait lieu de sentiment.

Toujours est-il qu'un beau jour et au même instant, ils prirent soudain la fuite, ce sentiment et cette nostalgie. Gabriel et Frédérique se virent tels qu'ils étaient : nus, l'un en l'autre et suant puisque c'était l'été. Ils se sourirent, se déprirent, se relevèrent et, après s'être rhabillés et embrassés sur la joue, se quittèrent bons amis.

Gabriel appela son griot, lequel surgit à la seconde, preuve qu'il écoutait aux portes et guettait aux serrures. Mais Gabriel ne s'en offusqua point. Il savait que celui qui raconte des histoires doit forcément se nourrir de la vie des autres.

– Bravo, lui dit Gabriel, tu as en toi le vrai pouvoir : faire que ce qui doit être soit, mais pas plus. Je t'engage.

Le griot hocha lentement la tête avec la gravité un peu moqueuse de qui connaît sa propre valeur.

Il dit :

– Puisque désormais deux nous sommes, ne craignons pas des travaux immenses. Et plaignons nos ennemis.

La sonnerie n'eut rien de particulier : le grelot téléphonique habituel. L'étrange fut la montée à vive allure de l'échelle hiérarchique.

– Ne quittez pas, standard de la Présidence.

– Ne quittez pas, secrétariat du Secrétaire général.

– Bonjour, ici le Secrétaire général...

Une voix tendue de surmené qui ne laissait pas aux mots le temps de s'installer dans l'air, à peine l'un articulé le suivant le poussait dehors. Un train express de syllabes qui me serait passé dans l'oreille.

– ... Bonjour. Depuis quelque temps nous suivons votre parcours. Ils sont rares les vrais anonymes. J'en viens au fait. Le palais a besoin d'une plume. Je compte sur votre discrétion. Et sur une réponse demain neuf heures. Bonne journée.

Il avait raccroché. Une musique aigrelette avait envahi le combiné. Vivaldi, entrecoupé d'annonces, Présidence de la République, on va vous répondre, Présidence de la République... Je suis resté longtemps à écouter cette litanie apaisante. J'étais sûr de n'être pas le premier, ni le seul. Ils devaient être nombreux, les Français, à composer le numéro du palais, le numéro le plus facile à trouver, le premier du Bottin. Et ils passent des heures à se laisser bercer. Comme moi ce jour-là. Présidence de la République, on va vous répondre. Il me semblait pouvoir vivre ainsi le reste de ma vie, l'oreille collée à la Bakélite.

Et puis j'ai sursauté, j'ai rompu le charme. Je me trompais de rôle. C'était moi qui devais répondre à la Présidence. Et non l'inverse.

Le conseil de guerre fut tenu le soir même, à La Coupole, au fond à droite, côté nappes. Personne n'osait trop parler. Chacun rêvait. Un jour, tu serais appelé, j'en étais sûre et comme je suis fière, dit seulement Marguerite. Ah si tu pouvais changer les paroles imbéciles de *La Marseillaise*, dit Lucienne. Malheur à nos ennemis, dit Hampaté-Francis.

Autrement, le silence, la gravité. Tout va bien ? demandait le maître d'hôtel inquiet. Tout va bien. On avait choisi des plats compliqués, langoustines à décortiquer, soles meunière à désarêter, histoire de s'occuper les doigts.

Nous finîmes la soirée au dancing du sous-sol. Lucienne avait décidé d'éprouver et d'éprouver encore. Elle allumait danse après danse tous les retraités de la salle. Hampaté-Francis avait perdu son inspiration. En bon musulman peu habitué à boire, le bourgueil l'avait tué. Il se contentait de répéter :

« Te voilà l'en haut
d'en haut,
te voilà l'en haut
d'en haut. »

Marguerite me couvait des yeux et me caressait la main. Je suis fière de toi, mon Gabriel, oh si fière. Je voyais bien que, dans sa tête, elle préparait déjà la suite. Elle composait le cocktail des médicaments qui me permettraient de survivre dans les allées du Sommet sans trop d'effets secondaires.

Je me laissais flatter. Depuis longtemps, de par mon métier, je cherchais les sources du Nil, les endroits magiques où se mitonnent les biographies. Maternités, salles d'examens et de concours, agences matrimoniales… Les aiguillages : là où les existences hésitent, vacillent et finissent par choisir un cours plutôt qu'un autre. Que pouvais-je rêver de mieux que la Présidence, la plus grande des directions du personnel, la banque centrale des destinées ? D'autant plus qu'ils avaient paraît-il de drôles d'idées en haut lieu, de vraies révolutions, et paisibles, en plus. *« Changer la vie »*, pas moins. J'étais curieux d'observer leurs méthodes. Elle ne se laisse pas faire comme ça, cette chose molle et si tenace, cette insaisissable présence qu'on appelle la vie…

Les États du Livre, tout comme le Saint-Siège, ont leur autonomie. Malgré leur exiguïté (quelques hectares), on peut y vivre sans jamais sortir et pourtant sans jamais manquer de rien. Le gîte n'est pas vaste mais le plus souvent doté de ces poutres apparentes qui valent anoblissement. Le vivre, avouons-le, est un peu lassant. Au fil des années, on mastique sans joie un bœuf ficelle l'hiver, une darne de saumon l'été, tandis que de l'autre côté de la nappe déjà tachée un auteur raconte ses difficultés conjugales ou ses tournées triomphales au Québec. Heureusement, le bordeaux « léger » fait passer. La note de frais efface le mauvais souvenir et donne le courage de recommencer le lendemain.

Dans ces États, les critiques sont romanciers et les romanciers critiques, double appartenance qui bannit de la vie toute cruauté et lui donne cette atmosphère capitonnée de chambre d'enfant.

J'ai gardé le meilleur pour la fin, l'admirable vivier, à toutes les époques de l'année, ce flux toujours renouvelable de jeunes personnes, stagiaires, attachées, correctrices, préparatrices, traductrices... des cultivées, des enthousiastes, des qui lisent tard la nuit, des prêtes à tout pour se faire naturaliser dans ces États, s'ajoutant aux anciennes devenues au fil des ans et des rides au coin de l'œil plus ou moins directrices et pas moins séduisantes, souvent même plus audacieuses sous la table, et la langue bien pendue...

Inépuisable petit peuple où l'on trouve tout ce qu'une femme peut apporter, le rire, le cancan, l'intelligence, la fantaisie, l'amitié et le sexe. Quand les six sont réunis, généralement on convoque ses proches pour une fête et on se marie. Les enfants nés de cette union confraternelle iront à l'école dans l'un des établissements du pays, rue d'Assas, rue Saint-Simon, rue Notre-Dame-des-Champs, où l'on sait enseigner le goût du livre.

Ainsi passent les générations qui l'une après l'autre s'étendent sous les marronniers du cimetière du Montparnasse près de Jean-Paul Sartre et Simone de Beauvoir...

D'un tel paradis pourquoi s'enfuir ?

On offrit un verre pour mon départ, puisque telle est la tradition. On fit sauter des bouchons, on levait les coupes à ma réussite, à mon bonheur. On me disait même de vraies gentillesses : après toutes ces biographies, voici que ta propre vie commence, Gabriel, ta promotion nous honore tous, grâce à toi nous connaîtrons quelqu'un près du soleil...

Mais le cœur n'y était pas. Je voyais bien les regards, la moue des lèvres, les ailes du nez qui se pincent... L'aigreur montait, sans doute l'effet du champagne sur le bordeaux « léger » du déjeuner. Quelqu'un finit par exprimer le sentiment général, un grand chauve versé dans l'occultisme :

– Ainsi te voilà courtisan !

J'ai souri béatement. Ils ne pouvaient me réjouir plus. Décidément, mes collègues du Livre ne connaissaient rien au passé. Je ne pouvais les en blâmer : la lecture des manuscrits, ces milliers de manuscrits, vous dévore, page après page si mal tapée, le cerveau. Les manuscrits vous rongent une à une toutes les envies, même les plus douces, même celle de la promenade dans l'ancien temps.

Alors j'ai pris la parole :

– Mesdames et messieurs, chers amis, il était une fois...

A l'instant s'est fait le silence. Les habitants de l'État du Livre ont tous les défauts de l'âge adulte, mais dès qu'une histoire, une véritable histoire commence, ils redeviennent bambins, ils s'alanguissent, ils s'abandonnent, ils ronronnent déjà, ils se préparent au plaisir.

– ... il était une fois, au cœur de la plus somptueuse des époques jamais créées par l'espèce humaine, une époque complète, pleine et ronde comme la Terre, aussi folle de voyages lointains qu'amoureuse des jardins proches, aussi paillarde, trousseuse que délicate, raffinée, il était une fois, au XVIe siècle...

Heureusement qu'Hampaté-Francis n'était pas là.

Il m'aurait fusillé du regard, peut-être quitté ou, pire, envoûté. Il avait des susceptibilités toutes syndicales. A chacun son métier. Toi tu écris, moi je narre.

– … il était une fois Baldassar Castiglione, dont le poète italien Torquato Tasso a dit : « Aussi longtemps que dureront les cours, aussi longtemps que les princes, les dames et les chevaliers se réuniront ensemble, aussi longtemps que la valeur et la courtoisie auront leur séjour dans nos âmes, le nom de Castiglione sera honoré… » A ceux qui ont besoin de la réalité des choses et des êtres, je signale qu'ils peuvent, chaque jour sauf le mardi, aller au Louvre rendre visite à ce Castiglione puisque son ami Raphaël l'a peint, durant l'hiver 1515-1516, dans toute sa majesté : ample béret de velours noir, étole de fourrure grise sur le pourpoint, chemise plissée blanche qui recouvre à demi la barbe. L'œil droit se moque un peu et l'autre est grave. Regard clair, presque passé, de qui a beaucoup vu, hommes et paysages…

Et j'ai raconté, deux heures durant, la vie admirable de cet homme.

Milan, Mantoue, Urbino, Rome, Londres, Blois, Madrid, Tolède pour séjours. Et pour patrons ou amis Ludovic le More, Isabelle d'Este, Guidubaldo de Montefeltro, Henry VII d'Angleterre, Louis XII et François Ier de France, Laurent II de Médicis, Michel-Ange, les papes Léon X et Clément VII, enfin Charles Quint qui, apprenant la nouvelle de sa mort, s'écria : *« Yo os digo que es muerto uno de los mejores caballeros del mundo. »*

Conseiller, négociateur, ambassadeur dans cet âge

d'or de la Diplomatie (des États en multitude et pas d'avion ni de téléphone pour dénouer trop vite les écheveaux), homme de mariage puis d'Église, quasi-cardinal, initié aux secrets de la plus haute peinture. En outre, auteur d'un succès mondial et séculaire, *Il libro del Cortegiano*, bible du métier et savoir-vivre à l'usage de tous les humains, à ce jour plus de cent éditions en quatre cent cinquante ans...

En matière d'existences, qui dit mieux ?

Mes amis auditeurs hochaient la tête.

– Voyez-vous, mesdames et messieurs, chers amis, la courtisanerie est une noblesse. Les véritables courtisans ne sont ni des cireurs d'escarpins, ni des dérouleurs de tapis rouges, ni des jongleurs d'encensoirs. Mais des instituteurs du Prince, changeant d'élève dès qu'ils sont déçus par lui. Libres, nomades. Tant appliqués à l'étude le jour que gourmands de fête la nuit. Bref, ce sont les chevaliers errants de la pédagogie... Chevaliers au Moyen Age, courtisans à la Renaissance, nègres aujourd'hui. Telle est la généalogie.

Avouons-le, il y eut, à l'écoute de cette dernière phrase, quelques sourires et des sourcils levés : ma conclusion les avait laissés sceptiques. Mais l'essentiel était fait. Mon histoire les avait désarmés. Disparue, la fameuse aigreur, celle du bordeaux « léger ». Un à un les habitants du Livre m'ont serré dans leurs bras.

– Allez, va faire un petit tour là-bas et reviens vite.

– La politique n'a qu'un temps.

– On te garde ta place au chaud. Ce ne sont pas les vies qui manquent. Il y aura toujours des autobiographies à écrire.

– Tu veux que je t'appelle un taxi ?

– Au fond, tu seras notre Cyrano, le Cyrano de la politique.

– Méfie-toi quand même des lambris dorés.

Je les ai quittés dans la petite cour. Ils agitaient la main. Pourquoi ce départ me donnait-il si fort l'impression d'un mariage ? Je regardai avec insistance le revers de ma veste : à quel moment de la cérémonie avais-je bien pu perdre mon œillet ? L'absence d'une femme ne me troublait pas. C'était l'une des leçons de mon métier autobiographique : on peut tout vivre seul, même les voyages de noces.

J'ai fini par pousser la porte verte. J'étais dans la rue.

Les deux taxis sont arrivés en même temps. On ne s'entendait plus dans le cliquetis des diesels. J'ai expliqué au premier, un rigolard, en lui glissant deux cents francs, qu'il ne s'agissait pas de moi mais d'aller chercher une femme. Il a cligné de l'œil. Entre nous, je préfère. Une femme, attendez voir, oui brune, Orly Ouest, en provenance d'Ajaccio. J'inventais au fur et à mesure une femme avec qui j'aurais pu partager ce fameux voyage de noces. Elle portera, elle portera, que je me souvienne, une robe blanche très blanche, courte à fleurs vertes, bleues et jaunes. Ne la faites pas attendre. Elle vient pour un mariage. Il a démarré aussitôt. Comptez sur moi, les Corses ça me connaît.

Et j'ai gagné l'autre voiture où m'attendaient Lucienne, Marguerite, Hampaté-Francis, mes trois mousquetaires. C'est ma mère qui a donné l'adresse, le palais, 55 rue du Faubourg-Saint-Honoré. Le palais, le palais même ? demandait le chauffeur vietnamien. Il ne voulait pas y croire. Marguerite répétait du ton calme, à peine agacé, des habitués. Eh oui, le palais, qu'est-ce que vous voulez que je vous dise, mon fils se rend au palais. Et, ce disant, subrepticement, elle me glissa dans la main trois comprimés en me murmurant : « Avale, je te prie, je t'ai préparé le maximum pour ce grand jour, bêta-bloquant contre la tachycardie, Captagon pour l'intelligence et Prepulsid contre le reflux gastrique. » Je me suis inquiété de mes bagages. On m'a rassuré. Tous mes outils étaient dans le coffre, mes innombrables dictionnaires, les encyclopédies de poche, les synonymes, les citations, l'origine des noms propres, les vieux *Who's who*, les Bottin mondains, les guides bleus, les Michelin, la bibliothèque habituelle de ceux qui ont la vie des autres pour profession.

Et c'est ainsi, lourdement chargés, que nous avons traversé la Seine.

Il me venait à l'oreille des crissements, comme une chanson de cigales encore engourdies par l'hiver. Personne ne pouvait les entendre mais moi je les avais reconnus. De là-bas, de leur séjour sous la mer, mes frères bernard-l'ermite battaient l'une contre l'autre leurs pattes et pinces.

Jamais aucun de nous n'avait trouvé pour l'abriter une aussi grosse coquille, un palais de trois cent soixante-neuf pièces et bien placé : au sommet de la France. Les crustacés timides m'applaudissaient. Ils étaient fiers de moi.

Les discours

Dis-cursus, c'est, originellement,
l'action de courir çà et là...
L'amoureux ne cesse en effet
de courir dans sa tête.

ROLAND BARTHES,
Fragments d'un discours amoureux.

Ce jour-là de mars l'air, déjà embaumé, guilleret, caressant, pour tout dire printanier, bourdonnait de rumeurs humaines : crise, dévaluation, remaniement ministériel... Une meute de journalistes avait envahi le palais et assiégeait le perron d'honneur. A peine notre taxi eut-il franchi la grille qu'une foule se précipita vers nous, micros tendus, flashes en batterie. Le chauffeur vietnamien était terrorisé. Et maintenant ? et maintenant ? criait-il. Sans doute se croyait-il retourné en enfer, cerné par les soldats communistes ou par les pirates thaïs. Il tremblait de tous ses membres, ses yeux tournaient sur eux-mêmes comme des billes de roulette. Marguerite avait sorti un Valium 10. Moi je tentais de le raisonner, notre Vietnamien. Sa panique était trop forte. Il nous a éjectés tous les quatre. S'est rué sur le coffre, a jeté par terre mes valises. A rejoint son volant gainé de cuir, démarré et, manquant d'écraser un photographe, après deux virages, trouvé la sortie et disparu.

La meute nous cernait toujours, mi-sidérée, mi-menaçante.

– Qui sont ces clowns ? a fini par dire quelqu'un.

Éclat de rire général. Il est vrai que nous n'avions pas du tout l'air de ministrables, Marguerite, Lucienne, Hampaté-Francis et moi... La meute a haussé les épaules et nous a tourné le dos. Elle a repris sa faction au pied du perron.

Et nous sommes restés là des siècles au milieu de la cour, debout d'abord, intimidés, morts de honte, et puis, fatigue aidant, assis sur les valises défoncées, jusqu'au moment où un jeune chauve à l'œil triple (clair, aigu et rieur) est arrivé :

– Qu'est-ce que vous faites là ?

J'ai tendu la main.

– Je suis le nouveau nègre.

– Plus bas. Il n'aime pas qu'on parle de ça. Il veut garder le monopole des mots. J'en sais quelque chose, je suis le porte-parole. Et qui sont ces gens ?

– Mon équipe. Je ne peux pas écrire sans eux.

– Dans ce cas... Et ceci ? (Il montrait mes malheureux bagages.)

– Dictionnaires et grammaires en tout genre, *Who's who, Quid, Que sais-je ?*...

– Alléluia, enfin un professionnel ! Pardonnez-moi, à très bientôt mais j'ai à faire.

Il appela un garde qui lui-même appela des collègues. Et ainsi, suivis de mon équipage porté par des uniformes, nous avons gagné l'intérieur du palais, tels Cary Grant ou Marilyn à Cannes pénétrant au Carlton, escortés de grooms.

On passait d'abord par un boyau sans fenêtre encombré de tables, d'écrans allumés, d'armoires en fer ouvertes, avec au mur, dans la pénombre, loin de la lumière des lampes, une tapisserie de cartes postales, une mosaïque de couleur à la gloire des vacances, Royan, Djerba, Mimizan, Argelès, sans compter Rimbaud jeune. Deux demoiselles tendirent la main, une malicieuse blonde à cheveux raides et une auburn interrogative : pourquoi pas, ce nouvel arrivant et moi, un soir, sur un coin de bureau…

– Vos secrétaires, présenta le premier des gardes, des génies de la frappe. Il faut ça, croyez-moi, avec ce qu'Il parle !

Il poussa la porte.

– Et vous voici chez vous.

Un petit entresol à rideaux vieux rose, vue sur la cour d'honneur et plafond bas qui me frôlait la chevelure, le tout Louis XVI ventru, le bureau, la commode, les deux bergères sur lesquelles s'effondrèrent Lucienne et Marguerite. Je me demandais où placer mon lit, mon lutrin, le réchaud de camping, tous mes livres et la natte du griot quand il m'aiderait dans mes louanges. Mais un grand espace m'aurait davantage inquiété : les mots sont craintifs, ils préfèrent voir le jour, se faire les ailes dans de l'exigu.

A peine avions-nous commencé de prendre nos aises que le téléphone retentit. Je m'escrimai quelque temps pour trouver la bonne touche.

– Allô ?

– Vous êtes arrivé ? Parfait. Ici le Secrétaire général adjoint. Il me faut un discours pour le voyage officiel à Berne, attendez, voyons quel public, voilà, devant les conseillers fédéraux, donc quelque chose sur la Suisse en général, c'est le premier voyage officiel depuis 1910, du chaleureux et du flatteur, si vous voyez ce que je veux dire, petite superficie mais rayonnement mondial. Et du tact, s'il vous plaît : rien sur le secret bancaire, rien sur l'argent de la drogue. Enfin, vous aviez deviné. Dix pages, format orator, pour demain matin. Bon courage.

Il avait raccroché.

Nous avons travaillé toute la nuit. Il fallait, dès la première fois, dès la première livraison, Lui montrer nos capacités.

Nous nous étions réparti les rôles. Lucienne pêchait, dans mes dictionnaires, les Helvétiques illustres : Cendrars, Le Corbusier, Honegger, Giacometti, Henri Christiné, l'auteur de *Phi Phi*, de *La Petite Tonkinoise*, de *Dans mon aéroplane*, auquel elle voulait absolument rendre hommage. Marguerite, toutes les deux heures, me gavait d'oligo-éléments, tandis qu'Hampaté, dès qu'il me voyait faiblir, reprenait ma louange.

« Gabriel est le grand pasteur des palabres, il sait les défendre contre la hyène, il sait les débusquer quand ils se cachent derrière le fromager, soyez dociles, amis palabres... Venez rejoindre le crayon de Gabriel, ne le forcez pas au fouet ou pire encore... », d'une voix douce ou menaçante, accompagnée de la guitare obèse nommée cora au sud du Sahara.

Au matin, le chef-d'œuvre était prêt. A gauche le texte, à droite les gestes.

Quelques années auparavant, pour me faire comprendre que mes tentatives séductrices sur sa femme étaient vaines car mes boniments maigrelets, un ami, Jean-François Peyret, homme de théâtre, de curiosités et de pédagogie, m'avait offert un classique du XIXe, *Du geste artistique dans l'action oratoire* par Harmant-Dammien, ex-artiste dramatique, comme l'indiquait la couverture, professeur d'éloquence parlée au collège Stanislas, chez les révérends pères jésuites et à la Société philotechnique. Les références de cet Harmant-Dammien m'ayant semblé incontestables, j'avais résolu de suivre ses conseils.

Monsieur le Président,
Messieurs les Conseillers fédéraux,
Mesdames,
Messieurs,

J'ai le sentiment de vivre aujourd'hui, comme vous-mêmes, un moment exceptionnel et privilégié de l'histoire des relations entre nos deux pays.	*– de l'index droit, montrer le cœur,* *– ensuite les deux mains à plat, face au public, comme pour présenter les cartes géographiques.*
C'est pour moi et pour la délégation qui m'accompagne un honneur	*– courbure du buste, en hommage,* *– puis lent relèvement et*

dont je mesure le prix que d'être reçu par l'ensemble du Conseil fédéral et de pouvoir m'adresser, à travers lui, au peuple suisse.

mouvement circulaire de la tête pour fixer le peuple.

Il ne manque apparemment rien à nos relations. Il n'est personne, en France, qui ne sache le haut niveau auquel se situe la recherche dans votre pays : quatorze prix Nobel en portent témoignage. Personne pour ignorer la qualité de votre industrie et de votre agriculture. A cet accord entre nous, il ne manque pas grand-chose, sinon peut-être ce « quelque chose » qui porte deux pays et surtout leurs dirigeants à se connaître mieux et à vaincre l'indifférence : si l'on n'y prend garde, c'est elle qui gagne du terrain sur l'amitié. C'est le pourquoi de ma présence ici.

– coup d'œil vers le haut pour saluer l'excellence,
– hochements de tête et moue admirative,
– l'index gauche fait lentement « non »,
– le buste s'appuie contre le lutrin, la voix s'abaisse. Confidence.
– redressement, franchise, les deux mains d'abord pointées sur la poitrine s'ouvrent lentement comme des portes.

Ledit chef-d'œuvre revint trois heures plus tard avec pour seul applaudissement, dans le coin nord-est de la première page, une annotation de Sa main, dix mots, deux questions à l'encre bleue :

« Pour qui me prenez-vous ? »

« Pour qui vous prenez-vous ? »

Le lendemain de ce pitoyable échec oratoire (depuis maintenant quatorze heures Harmant-Dammien avait été avalé par le déchiqueteur du secrétariat et recraché, en fins spaghettis grisâtres, dans le sac de plastique réservé aux ordures confidentielles) était un dimanche. Le plus désert de tous les dimanches. Et notre ami Gabriel, comme tout bon timide condamné par sa maladie à la solitude, s'y connaissait en dimanches désertiques. L'aube qui s'y levait était plus blême, plus fade, plus vertigineuse que celle des autres jours de la semaine... Mais le désert, cette fois-là, était particulier, une sorte de chef-d'œuvre en matière de vide, une île blanche, préservée de toute intrusion vivante par des gendarmes dont on entendait les pas cadencés sur le trottoir, un palais en quarantaine...

D'un bond, Gabriel quitta ses draps. Et arpenta son bureau, revêtu de l'un des deux pyjamas enfantins bleu ciel que Marguerite lui avait achetés aux Trois Quartiers pour fêter la grande nomination. (« Tu auras bien besoin de tes nuits pour te reconstituer, Gabriel, et les nuits sont l'enfance du monde, alors fais-moi le plaisir de les enfiler chaque fois, le haut *et* le bas, je te connais, même si tu trouves leur couleur grotesque, dormir nu empêche la paix et, en plus, ça ne se fait pas dans un palais. »)

La décision de l'écrivain fantôme bleu ciel était prise. Chaque salarié avait droit à une période d'essai. Or l'essai était désastreux, comme en témoignaient les appréciations manuscrites apposées sur le discours suisse. Donc la période était achevée. On se quitterait bons amis, la République et Gabriel. Les candidats ne devaient pas manquer…

S'approchant du téléphone, il appuya sur la touche la plus élevée (Secrétaire général*) pour annoncer cette démission dictée par le réalisme et le respect des institutions. La petite lumière clignota longtemps, sans réponse. Pas là. Pas plus là que tous les autres. Le désert dominical avait aussi avalé le Secrétaire général adjoint, celui qui avait commandé le discours maudit, et tous les sectoriels, l'Industriel, le Social, l'Économiste, l'Européen, l'Agriculteur, le Culturel…

« Il sera toujours temps… », se dit Gabriel.

Le calme de la liberté recouvrée l'habitait. Il regagna sa couche où l'accueillit le plus doux des sommeils. Au fil d'une promenade, il appuyait sur des petites taches lumineuses parsemées çà et là dans la nature. Et la France, oui la France, l'Hexagone, flattée dans ses points sensibles, ronronnait d'aise.

– Mes respects, monsieur le Conseiller…

Le téléphone devait sonner depuis longtemps.

* Les scribes n'avaient pas le droit à la touche ultime (Lui).

– … ici les cuisines. Pour le déjeuner, vous souhaitez un plateau ou vous irez au mess ?

Depuis son arrivée au palais, deux jours auparavant, Gabriel n'avait quitté son bureau que pour les toilettes masculines, explicitement indiquées comme telles par un petit monsieur d'acier inoxydable vissé contre une porte au milieu du couloir. Et, son affaire faite, il était bien vite revenu s'enfermer chez lui. Toutes les autres portes lui semblaient hostiles : soit qu'elles affichent le nom de collègues, personnalités forcément redoutables étant donné leurs responsabilités ; soit, ô combien pire, qu'elles demeurent vierges de toute mention, pouvant donc cacher toutes sortes d'endroits interdissimes, l'armoire aux codes nucléaires, la cellule antiterroriste ou l'un de Ses bureaux secrets. On ne change pas sa nature : même démissionnaire, Gabriel fut pris de violente tachycardie devant l'entrée supposée du mess. Ne s'était-il pas trompé ? Avait-il suivi avec assez de scrupule le signe de piste proposé par le garde à l'accent du Sud-Ouest ? Et s'il débouchait sur un déjeuner confidentiel, sur une partie fine ? Il est dans le destin des témoins gênants de disparaître un beau jour sans laisser de trace. Il prit son souffle, son élan, et finit par pousser les deux battants pour pénétrer dans un pur morceau de France profonde. L'un de ces restaurants d'hôtels proches des gares où les murs sont tapissés de moquette grumeleuse couleur de chocolat synthétique (trop clair), où la lumière vient d'appliques-coquilles Saint-Jacques (en gris Plexiglas incassable), où débordent des verres les serviettes pliées en oreilles de lapin, où les fausses fleurs (coquelicots, anémones) sourient interminablement au quatuor cerclé d'argent, sel, poivre, huile, vinaigre...

Gabriel restait sur le seuil sans y croire. Il se dit que peut-être, derrière d'autres portes du palais, l'attendaient d'autres morceaux de France : l'intérieur d'une ferme bretonne, un salon de F-3 sarcellois, un chai en Bordelais... Peut-être le palais était-il un résumé du pays, une arche de Noé ?

Cette idée l'attendrit. Il s'avança et c'est alors qu'il la vit. Le rêve de tous les voyageurs : une jeune femme seule dans un restaurant désert. Le rêve se tourna vers Gabriel, lui sourit, tendit le bras droit d'abord prolongé d'une main ouverte, puis quatre doigts se replièrent. Restait l'index qui battait l'air doucement comme s'il frôlait un piano invisible. L'index du rêve montrait la chaise vide.

– Ce serait un peu triste, non, de déjeuner chacun de son côté ? J'ai l'habitude des foules, le dimanche.

– Vous avez une grande famille ?

– Plus que ça, un vrai petit peuple.

Bien sûr, je me souviens. Les moindres détails de cette rencontre continuent, après si longtemps, de palpiter en moi et continueront dans les siècles des siècles. Il est faux de croire, ou paresseux, que la mémoire ne siège que dans le crâne. Elle envahit tout le corps. Les spasmes inexpliqués, les rougeurs subites, les picotements, le dressement soudain de quelques poils (l'horripilation) ne sont que souvenirs. Souvenirs d'elle, ce jour-là. Faute d'épouse, on peut vivre très bien de ces bribes de femme. Tache bleu marine du blazer façon yachting, boutons dorés. Grain de beauté, drôle de perle noire, au lobe de l'oreille gauche. Col roulé corail monté très haut, presque jusqu'au menton. Seins apparemment libres sous les mailles, mais la lingerie parisienne est trompeuse. Cheveux bruns mi-longs, sans doute fraîchement coupés. De temps à autre, elle relevait la tête brusquement comme pour se débarrasser d'une mèche qui n'existait plus. Dessous de nappe invisible, parions pour les jeans. Après une semaine de collants, les cuisses de dames, le week-end, aiment retrouver le contact rugueux de la toile à cow-boy. Marque sombre sur le front.

– Je suis toute sale, n'est-ce pas ? Les archives sont un métier manuel. Toute la journée je transporte des cartons. Et vous ? Vous êtes notre nouvel écrivain royal, à ce que je suppose ?

« Écrivain royal », cette expression pompeuse me rappelait vaguement quelque chose, comme une petite île, au loin, tout au bout de la mer. Le rêve du voyageur eut des mines de petite fille malicieuse :

– Devinez sur qui j'ai fait ma thèse ?

Je la regardai avec des yeux ronds. Comment lui répondre ? Les érudits s'intéressent à n'importe qui et le *Who's who* est vaste. Surtout si l'on y inclut les morts.

– Florimond Robertet. Ça ne vous dit rien ? Enfin, vous êtes grammairien quand même ? J'ai vu votre fiche. Alors, Florimond Robertet... je vous donne quinze secondes.

Elle comptait de la bouche et des doigts. Elle avait de grosses lèvres, plutôt incongrues, comme invitées par raccroc dans ce visage du Quattrocento, par ailleurs tout de finesse, d'équilibre, d'élégance. Je ne pouvais me détacher de ces deux bombements roses. Je farfouillais hâtivement dans ma mémoire. Je ne voulais pas décevoir. Mais, j'en suis sûr, ce sont ces grosses lèvres qui l'ont aspiré, ce Robertet, arraché du passé où je l'avais bien enfoui, avec tous mes polycopiés inutiles sur « La théorie générale du pronom » ou « Les énonciateurs transparents ».

Sans me vanter, je puis dire que j'entretiens avec ce Florimond Robertet (mort en 1527) une relation intime et même initiatrice. Voici les circonstances de notre rencontre.

Octobre, guitares dans la grande cour, fumet de merguez, jeunes provinciales accompagnées de leurs parents, chahut dans les couloirs : une rentrée universitaire en Sorbonne. Le jeune professeur Fumaroli monta en chaire et, sous couvert d'un intitulé des plus rébarbatifs (« Apologie de la langue française classique »), nous conta l'histoire de Cendrillon.

La langue française existait depuis longtemps, bien sûr. Mais elle vivait chez sa marâtre (la langue latine), une marâtre qui la méprisait (au regard du latin, le français n'était qu'un « déchet du Verbe »), qui la cantonnait dans les besognes domestiques (exprimer les mots de la vie quotidienne), se réservant les occupations nobles (le Savoir, le Pouvoir, la Religion).

L'amphithéâtre avait les larmes aux yeux.

Au début du XVIe siècle, Cendrillon décida de quitter sa marâtre maudite.

– Enfin ! dit l'amphithéâtre.

– Taisez-vous ou je fais évacuer, dit le professeur Fumaroli.

Dehors, la malheureuse Cendrillon se trouva vite des alliés. Et notamment parmi les jeunes filles qui, bien que pensionnaires de couvent, rêvaient d'exprimer leurs émois en une langue claire et suave, sans passer par le tamis rouillé et désincarné qu'était devenu le latin (la joyeuse magie d'Ovide était bien loin !).

– Vivent les jeunes filles ! cria quelqu'un.

– État des plus éphémères, répliqua le professeur en continuant son récit. Vous avez peut-être (mon optimisme me tuera) lu Cervantès : les chevaliers, en ce temps-là, erraient sans cause. Mais demeurait, en quelques personnes d'exception, le besoin de Chevalerie. Ces personnes décidèrent de se mettre au service de Cendrillon. C'est-à-dire qu'elles ne se contentèrent pas d'abandonner le latin et de rédiger en français (en Cendrillon) les actes et lettres juridiques du Roi mais commencèrent d'écrire *Les Grandes Chroniques de France*, mémoire du royaume. Et, le soir, leur labeur administratif accompli, ils travaillaient, par le poème et le roman, à « illustrer » la langue royale.

A la tête de ces magistrats-poètes : Florimond Robertet, chancelier de France.

L'amphithéâtre était en folie. Applaudissements, mains moites et fourmillements dans les membres. La langue française était devenue notre fiancée, notre Dame. Chacun voulait prendre soin d'elle, la nourrir d'œuvres immenses, guerroyer pour elle. Quand l'heure sonna, le professeur Fumaroli fut acclamé.

Dehors, place de la Sorbonne, il faisait beau, trop beau, l'une des dernières douceurs de l'automne. Le petit groupe de grammairiens et grammairiennes, nouveaux chevaliers du français, ne voulaient pas se séparer. On but des bières et des bières au Balzar. On voulait tous écrire le plus beau roman du monde. On l'enverrait à Gallimard. L'adresse était connue de tous : 5 rue Sébastien-Bottin. Qui était Sébastien Bottin ? Sans doute le valet de Gallimard comme Planchet celui de D'Artagnan. Et la langue française nous remercierait. Comment faisait-elle pour remercier, la langue française ? Nul ne savait. Qu'importe, commençons par écrire. Il était une fois. Tout le monde avait fini par s'en aller, peut-être pour ne pas perdre de temps, s'asseoir *illico* devant la feuille blanche. Ne restait qu'une collègue, future grand écrivain comme moi. Le cœur continuait de nous battre, grâce à Florimond Robertet et à la bière. On se regardait dans les yeux, on se torturait les mains. On a fini couchés l'un sur l'autre. Plus tard, on s'en est voulu de n'avoir pas articulé, au moment crucial, quelques beaux mots du dictionnaire, comme « clémence », « plume » ou « naufrage », en hommage à Cendrillon, au lieu de ces onomatopées honteuses, oui ! encore ! l'indigent volapük de l'orgasme. Mais le mal était fait. Et ma vocation de nouveau Stendhal évanouie dans la chatte d'une consœur (reçue major d'ailleurs au concours suivant, preuve que l'Université, sinon la langue française, savait apprécier l'enthousiasme linguistique, même dévoyé).

L'expérience ne fut pas renouvelée.

On comprendra dès lors que je fasse remonter l'éclosion de ma vraie vie sexuelle à Frédérique, une année plus tard.

Et qu'il n'était pas question de raconter toute cette histoire à l'archiviste, mère de famille et si comme il faut (bouche exceptée).

Quand Florimond mourut, en 1527, tous ses contemporains chantèrent ses louanges. D'innombrables poèmes parurent à la gloire du « prince de la réthorique françoise », du « père d'éloquence ».

Mais le plus touchant chagrin fut écrit par Clément Marot, une *Déploration* qui était en même temps déclaration d'amour à Cendrillon, la toute-jeune-fille-libre-langue-française. Je me souvenais de deux vers. Dans ma collection de mines, je pris la plus modeste et, me penchant vers le blazer :

– Florimond Robertet, attendez, n'était-ce pas :

> « *La mieux escripvante*
> *Plume qui fut de nostre age vivant ?* »

L'archiviste corail avait les yeux brillants.

– Alors, vous connaissez aussi Jean Lemaire des Belges ?

– Celui qui voulait associer les deux sœurs vulgaires, le français et le toscan, pour décrire le plaisir de vivre ? Mais comment donc.

– Et Étienne Pasquier ?

– L'ennemi du pédant Ronsard ? Il fut de mes amis.

– Et Barthélemy Aneau, l'allié de Du Bellay ?

Etc.

On aurait dit les retrouvailles de deux anciens de La Baule, Dinard ou Dieppe, des amis de vacances longtemps perdus de vue qui accumulent les noms pour se raccrocher à leur jeunesse. D'ailleurs, notre vraie jeunesse à nous était peut-être le XVIe siècle, lorsque la langue française avait tiré au vieux latin sa révérence.

– Quel plaisir, quel plaisir…

Les grosses lèvres de l'archiviste tremblaient. Ses yeux brillaient. La gaieté d'une femme est une fête. J'ai l'impression de lumières qui m'entrent dans la tête, de manèges qui m'emportent.

– … j'avais un tel besoin, ce palais est une folie, l'actualité permanente, vous verrez, ici c'est la manie du présent, ô, j'avais un tel besoin d'ancien temps.

Je crois que les hommes et les femmes devraient bénir ce qu'il reste de déserts. Nous étions là, un homme et une femme face à face, comme jumeaux dans un ventre. Je rappelle que notre restaurant-buffet de gare hideux était cerné par un palais, lui-même défendu par des gardes, et l'ensemble avalé par un dimanche de fin mars. Nous étions là, un homme et une femme, de part et d'autre d'une table encombrée d'huile, de vinaigre, de sel et de poivre, oui nous étions deux fossiles de France, un quadragénaire grammairien et une jeune spécialiste de Florimond Robertet (mort en 1527). Peut-être n'y a-t-il pas d'amour moderne, peut-être que l'ancien temps, en nous ce clapotis lointain, est la première et la seule phrase d'amour ? Je regardais les deux mains de l'archiviste posées sur la nappe blanche. Elle ne portait qu'une alliance bien à sa place : l'annulaire gauche. Et ce spectacle me serrait le cœur. Nous autres célibataires suivons passionnément le ballet des bagues. Les alliances sont nomades, chez les femmes d'aujourd'hui, elles se baladent, passent de droite à gauche, d'un doigt à l'autre, disparaissent, reviennent. Et le célibataire essaie de deviner la symbolique de ce petit ballet, s'il doit voir dans telle ou telle situation nouvelle de l'anneau d'or des raisons d'espérer ou alors l'annonce que la lourde porte du mariage est fermée, le laissant à jamais dehors, seul et misérable.

Les jeunes gens des cuisines nous avaient oubliés. On entendait leurs rires à peine étouffés par les deux portes closes et la télévision, le journal dominical, les pronostics du tiercé.

Nous étions seuls et maintenant silencieux. Comme si la rencontre avait été trop rapide. Chacun devait reprendre haleine dans toute cette connivence. C'était un silence que ne troublaient pas les quelques phrases échangées. « Mon Dieu, quel calme », « Quand je pense que nous sommes au sommet de la France », « Vous ne vous sentez pas une petite faim ? ». Ces phrases ne voulaient rien dire, elles n'étaient pas là pour ça, elles appartenaient au silence, elles l'accompagnaient dans la durée… Et moi, j'avais enfoui ma tête dans le pavillon d'un gramophone invisible. J'habitais la voix de l'archiviste.

Depuis toujours, j'avais la passion des ressemblances chez les femmes : un bridé de l'œil commun, une même intonation pour dire « vraiment », deux gestes cousins pour enfiler un manteau... Alors une sorte de paix m'emplissait. Comme si le monde n'était plus qu'une seule grande famille de femmes : le paradis. Et cette passion m'avait fait longtemps courir de sœur en sœur, de mère en fille ou l'inverse.

Cette fois, le miracle de la ressemblance vibrait non en deux mais en une seule femme. En elle je sentais l'écho, l'accord, la réponse.

Mais qu'est-ce qui, en elle, répondait à quoi ?

La solution de l'énigme me vint sans violence, sans envie de crier eurêka, plutôt celle de remercier, en moi une marée douce. Je comprenais peu à peu la raison de mon trouble. Je n'avais pas encore effleuré l'archiviste. Je ne lui avais même pas serré la main. Et pourtant je le savais : la peau de cette jeune femme démodée et sa voix avaient le même grain.

Un être hybride surgit : garçon de café au sud de la ceinture (pantalon, chaussettes, chaussures noires) et basketteur militaire pour le nord (débardeur kaki et gros ballon orange). Il commença de dribbler en criant entre les tables, bientôt suivi par trois autres hybrides vociférant leur enthousiasme. Le dribbleur nous vit le premier. Se figea. Balbutia : oh pardon. Et s'enfuit. Le gros ballon orange lui avait échappé des mains et roulait lentement à travers la salle. On entendit des chuchotements, des conciliabules, des « toi vas-y », « non tous ensemble »...

– C'est vrai que, dimanche ou pas, il commence à faire faim, dit l'archiviste.

Au bout de quelques minutes, l'ex-basketteur revint, cette fois serveur penaud des pieds à la tête (nœud papillon de guingois et double petit torrent de sueur lui dégoulinant de chaque côté de la tête, le long des tempes).

– Madame le Conseiller... Monsieur le Conseiller, nous ne savions pas... Excusez-nous... Si le capitaine...

– Mais tout va pour le mieux. Seulement, le spectacle du basket donne de l'appétit. Le chef s'est surpassé ?

La cuisine du mess ignorait les jours de fête. Très vite, nous avalâmes l'ordinaire : rouleau de jambon (intérieur macédoine mayonnaise), escalope panée garniture coquillettes, Caprice des dieux, mousse au chocolat, de l'exacte teinte des murs. Le rêve du voyageur ne parlait plus. Elle considérait son assiette. Mais ce silence était encore de la voix. Et la voix, de la peau. Gabriel n'osait plus bouger. Il sentait le grain qui avait envahi l'air. Le moindre geste, même loin d'elle, aurait été caresse. Le rêve du voyageur but son café cul sec, mon Dieu je me brûle, regarda Gabriel dans les yeux :

– Vous savez, je suis une femme vraiment mariée.

Et elle s'en alla, bleu marine et col corail. Elle flottait un peu dans son jean. Toutes ses grossesses semblaient, à première vue, lui avoir donné des seins et retiré des fesses. Gabriel songea que d'habitude c'était le contraire.

Il demeurait en compagnie du gros ballon. Les tempéraments optimistes et les psychanalystes jungiens lui auraient affirmé, j'en suis sûr, que l'orange s'apparente au corail.

Quant à son projet de démission, il était oublié. Le souvenir de Florimond Robertet lui faisait honte : le chancelier de France n'était pas du genre, lui, à se défiler devant la première difficulté. A travers les siècles, les écrivains royaux constituaient une chevalerie dont il fallait se montrer digne, sous peine de ne plus pouvoir sans vomir se dévisager chaque matin dans la glace. Gabriel retourna dans son bureau tout requinqué, l'âme vaillante et la fierté coulant dans ses veines, prêt à rédiger de sa plume la mieux escripvante tous les discours possibles et sur tous les sujets.

– Vite, vite, monsieur le Conseiller…

Le gendarme surgit.

– Vite, votre téléphone blanc, il sonne…

Obnubilé par mon standard à trente touches, je n'avais pas remarqué ce combiné-là.

Tout en courant à sa suite, traversant comme l'éclair la cour est et avalant l'escalier coudes au corps, je m'informai :

– Et qui peut appeler par là ?

– Mais les ministres, monsieur le Conseiller, rien que les ministres et aussi…

– Et aussi ?

– Vous avez deviné.

Hors d'haleine (l'agitation, même frénétique, du poignet à laquelle se livre tout écrivain, n'accroît pas hélas la capacité pulmonaire), je saisis le combiné.

– Bienvenue.

C'était Sa voix.

– Bienvenue, monsieur Orsenna, vous m'entendez ?

– Merci et euh oui, monsieur le Président.

– De métier, vous êtes biographe, n'est-ce pas ?

– Autobiographe, monsieur le Président.

– Intéressant, intéressant. Je ne savais pas que cette branche existait…

– …

– … difficile, j'imagine, de s'installer chaque fois dans la vie d'un autre. Au fond, vous devez vous incarner.

– Oh, tous les métiers ont leurs contraintes. Le vôtre…

– Bien sûr, vous n'avez jamais pensé à devenir président ?

– Président de quoi, monsieur le Président ?

– Mais de quoi voulez-vous d'autre ? De la République, monsieur Orsenna.

– Jamais, monsieur le Président, jamais, président de rien du tout.

– Parce que ceux qui veulent être un jour président s'incarnent, dès leur enfance, s'incarnent dans leur pays. Il va vous falloir forcer votre nature, monsieur Orsenna, il va falloir construire des phrases avec la France pour sujet : la France pense, la France veut. C'est une grammaire originale, hein ? La grammaire de l'incarnation. Bonne chance, monsieur Orsenna. Et bonne fin de dimanche.

Par la grâce de ce téléphone blanc, ma vie se trouva soudain bouleversée. Premièrement, dès le lendemain, lundi matin, je sentis autour de ma personne ce mélange d'intérêt et d'envie, de considération et de haine sans lesquels on n'a pas l'impression d'exister dans un palais. Jusqu'alors je n'étais rien, et voici qu'on me saluait, me souriait, me tendait la main, m'annonçait des dîners où tu connaîtras ma femme, voici que derrière mon dos on chuchotait, cancanait et grinçait des dents.

Le gendarme, qui était resté derrière moi au garde-à-vous durant tout l'entretien, avait dû casser le morceau : vous savez, Il l'appelle le dimanche, juste après le café, et lui parle longuement… Merci au gendarme.

Deuxièmement, la conversation elle-même m'avait ouvert des perspectives. Incarner. Incarnation. Et le Verbe s'est fait chair. Et le Verbe s'est fait homme… Je n'avais jamais pensé à cette dimension christique de mon activité mercenaire.

Gabriel s'en aima plus, et l'amour de soi n'est pas un sentiment à négliger.

Il parle. Du lever au coucher, Il parle. Sa vie entière est hachée, cernée par les paroles. Nulle discussion sans compte rendu, nulle promenade sans confidences, nul déjeuner sans toast final, nul accueil à Orly sans bienvenue, nul au revoir sans longs remerciements, nulle invitation sans allocution… Le moindre de Ses silences est ressenti comme une défiance, un mépris, une indifférence. Alors Il parle, parle, parle sans relâche. De tous les sujets, à tous les publics.

Pour occuper un poste semblable au Sien, il faut jouir d'une exceptionnelle santé. Son médecin personnel, un certain Guy, praticien chaleureux et rusé, portant rouflaquettes d'un autre âge et longs bras d'ami des dames, cédait à l'émotion quand il évoquait Son corps, la résistance de Son cœur, la souplesse de Ses artères, la régularité de Son transit intestinal. Mais d'après ce médecin (je l'ai longuement interrogé ; comme tout bon hypocondriaque, la médecine m'intéresse encore plus que ne me terrifie la maladie), d'après mon ami Guy, Sa sphère oto-rhino-laryngologique était une rareté, un miracle de la nature qui méritait publication.

Un soir, tout le monde était déjà parti (les conseillers aussi ont une vie privée), un soir, il m'a appelé.

– Dites-moi, Gabriel, vous qui écrivez tous ces discours, savez-vous au moins comment fonctionne la parole ? Non ? J'en étais sûr ! J'arrive.

Deux minutes plus tard, il est entré dans mon bureau, portant un petit tableau noir, de ceux qu'on offre aux enfants pour tenter de les intéresser à l'école. Il a installé le matériel scolaire sur ma commode, en poussant les photos dédicacées de mes anciens racontés célèbres, les sujets de toutes mes autobiographies. Il a sorti deux craies, une blanche, une rouge, et commencé son cours par l'histoire d'un certain Ferrein, le découvreur, vers 1790, des cordes vocales. Lequel Ferrein, en digne enfant des Lumières, s'était sacrifié à la recherche : il avait passé sa vie à souffler dans des trachées de cadavres, toutes sortes de cadavres, humains et animaux, principalement des porcs mais aussi un buffle et un phoque. Il posait son doigt à différents endroits de ses chères cordes, soufflait donc et, indifférent à la puanteur, notait scrupuleusement les sons obtenus. Bien sûr, j'aurais voulu en savoir plus sur ce Ferrein, sur le type de femme qui pouvait accepter d'embrasser un musicien si particulier.

Mais la récréation était finie, le médecin personnel abordait les choses sérieuses :

– En attaque vocalique dure, le soudain déséquilibre entre la pression sous-glottique et la tension d'adduction des cordes déclenche le mouvement de l'oscillateur phonatoire. Vous me suivez ?

Je hochai la tête.

– En attaque douce, l'air respiratoire se faufile dans le défilé glottique avant le début du mouvement périodique...

Une bonne heure passa, je mimais de mon mieux l'enthousiasme.

– N'est-ce pas, conclut le docteur personnel en rangeant son petit nécessaire, n'est-ce pas qu'il y a de la douceur à comprendre les mécanismes vitaux ?

Il rayonnait, le bon pédagogue. Ferrein avait compris que les cordes vocales sont l'originalité principale de l'être vivant.

– Vous en connaissez, vous, des instruments de l'orchestre qui soient à la fois à cordes et à vent ?

C'est cette superbe machine à dire, cette merveille laryngologique que j'ai alimentée, jour après jour.

Les deux huissiers du hall d'honneur, deux géants à noble stature et chaîne d'argent au cou, étaient des fous de cyclisme. Un jour, ils m'ont montré leur cahier secret où ils notaient, semaine après semaine, les kilomètres parcourus, avec tous les détails, la proportion plaine-côte, les braquets, le poids des boyaux... Je leur ai dit : je suis comme vous. Ils ne voulaient pas me croire. Le calcul est simple, pourtant, irréfutable. Une moyenne de vingt pages chaque jour ; vingt lignes par page ; dix-sept centimètres par ligne (je compte large pour les marges). Six jours sur sept. Résultat : chaque semaine habituelle, j'écris quatre cent huit mètres de discours, environ deux kilomètres par mois, sans compter les urgences, les extra, les nuits passées à mouliner. Sans doute trente kilomètres de mots chaque année...

Moi aussi, j'avais mon carnet où j'inscrivais mes kilométrages. Je l'ai ouvert au hasard, octobre 1984. Trente-huit discours, les plus divers : pour la journée des jeunes créateurs, pour la visite d'Omar Bongo, président du Gabon, pour le Salon de l'automobile, pour la venue du chef d'État autrichien Rudolph Kirschschläger, pour le voyage officiel dans le Sud-Ouest (allocutions à Périgueux, Bergerac, Agen, Marmande, Bordeaux, Pau, Bayonne, Saint-Jean-de-Luz, Soustons, Mont-de-Marsan), pour Janos Kadar, pour les grands couturiers, pour le Fonds international de développement agricole, pour la municipalité de Westminster, la communauté française de Londres, la reine d'Angleterre, le Parlement britannique, dame Mary Donaldson, lord-maire de Londres, pour le sommet franco-allemand de Bad Kreuznach... Sans compter les messages de sympathie : à Mme Thatcher après l'attentat de Brighton, l'explosion au Grand Hôtel ; à Mgr Desmond Tutu, prix Nobel de la Paix ; à la conférence mondiale de la population (Mexico) ; à Constantin Tchernenko, président du présidium du Soviet suprême, à l'occasion du soixantième anniversaire de l'ouverture des relations diplomatiques France-URSS ; à Giani Zail Singh, président de l'Inde, après l'assassinat d'Indira Gandhi...

– Eh bien, vous alors !

Les huissiers à chaîne restaient bouche bée. Nous étions déjà amis mais, d'un coup, j'avais franchi dix degrés. Dans leur hiérarchie à eux, j'étais maintenant au plus haut, cycliste d'honneur, presque ancien vainqueur du Tour de France.

Nous descendions vers le Sommet.

Nous, la petite équipe de subalternes chargée de mettre la dernière main aux préparatifs. Front collé contre le hublot, je regardais l'Histoire de France, les corps du Château, le Grand Canal, les Grandes Écuries, le Grand Trianon... Tout était Grand au-dessous de nous.

Il aurait donné cher, Louis XIV, malgré le fracas des hélicoptères, pour voir de haut son Versailles. Quand on y pense, les pauvres rois avaient toujours manqué de recul. Jusqu'à la fin du XVIe, ils n'avaient pas de cartes, pas le moindre hexagone à se mettre sous les yeux. Comment gouverner un pays dont on ignore la forme ? Vingt-sept mois, Charles IX et sa mère, Catherine de Médicis, avaient dû voyager vingt-sept mois autour du royaume de France pour savoir un peu à quoi il ressemblait. Finalement, ils ne s'étaient pas trop mal débrouillés, nos monarques, d'instinct, à tâtons, à l'aveuglette. Alors que nous, avec les sondages, les satellites... J'ai mon idée là-dessus, personne n'est d'accord, surtout pas les célébrités, les ténors de la politique, mais je persiste, l'action est timide, elle supporte mal l'excès de lumière. Oui, vous l'avez deviné : l'action, l'action véritable préfère l'ombre.

Bref, dans le soleil éclatant de juin, nous descendions vers le Sommet. Mes collègues jouaient les cultivés, montraient les statues : oh ! regardez la nymphe de Le Hongre, oh ! le vase de la Guerre, qu'est-ce que tu penses de Coysevox ? Je les connais, mes amis : la veille, ils avaient appris par cœur un guide pour briller s'ils venaient à Le rencontrer...

Je ne l'ai vue qu'au dernier moment, quand l'appareil est resté un instant immobile au-dessus de la galerie des Glaces, Marguerite, assise sur son pliant, au milieu de la cour Royale. Parvenue là, je me demande comment, et laissée tranquille par on ne sait quel miracle. Elle avait le génie de s'immiscer. Et depuis le temps qu'elle parlait de Gabriel aux gardes de la Loge d'honneur, on avait fini par la connaître. On ne devait pas la juger dangereuse. Les mères sont rarement terroristes. Ou alors, le lendemain d'un remaniement, quand elle aurait appris qu'une fois de plus je ne serais pas ministre. La petite forme grise, c'était bien Marguerite, candidate goy au titre de meilleure mère du monde, l'auteur de mes jours.

Je n'ai pas eu le temps d'agiter la main, nous descendions côté jardin, parterre d'eau, dans une tornade de graviers.

Personne ne tourna même la tête. Une foule s'agitait, on courait en tous sens, on tendait des câbles, dressait des paraboles, on testait le son, en dix langues, *one two three, uno due tre...*, on montait des tentes, comme pour un mariage ; passaient des montagnes de dossiers, des machines à écrire, vous n'avez pas vu la délégation allemande ? là-bas, voyons, appartements de Mme Victoire, un petit camion des pompiers tentait de faire sa route, louvoyait entre les amas de matériel, le conducteur, un blond tout jeune, criait je suis l'antenne chirurgicale, qui s'occupe de l'antenne chirurgicale ? le préposé à la chirurgie avait disparu...

Au loin, vers le canal, des troupes prenaient position, CRS, gardes mobiles, même des parachutistes ; leurs tenues camouflées s'agitaient sous les frondaisons. Le spectacle des militaires me rendit ma conscience professionnelle. Je décidai de rejoindre mon poste. J'avançais pas à pas, sans cesse bousculé par des déménageurs. La civilisation moderne continuait d'envahir le château, dictaphones, photocopieuses, ventilateurs, télévisions, magnétoscopes, téléscripteurs, l'installation d'un magasin discount ?... Depuis quelque temps, dans le brouhaha, j'entendais des gémissements, des protestations désolées, s'il vous plaît non, pas ici ! Attention au parquet quand même ! Un vieil homme, haute stature et cheveux blancs, levait les bras au ciel, cherchait à s'interposer, mais enfin, pas de clou dans le lambris ! Non, pas de punaise non plus, messieurs, c'est le cabinet de la Dauphine ! Cette fois, il avait crié, de la pure souffrance, la pointe destinée à ficher dans la boiserie d'époque un bandeau de dépêches lui était entrée dans l'âme.

Gabriel sait se montrer fraternel dans ces moments-là. Le malheureux se précipita vers moi, vers l'humain qui lui souriait doucement dans cette apocalypse, il me tendit la main : « Gérald Van den Hooz, architecte des Bâtiments de France, mon Dieu, mon Dieu, quels vandales, quand je pense qu'ils vont rester là trois jours et que les chefs d'État ne sont pas encore arrivés ! »

Il m'indiqua la route pour gagner mon bureau, prenez là-bas, vers le Congrès, l'escalier des Princes, c'est moins beau mais plus calme. Et je le laissai à sa bataille perdue, d'autres ustensiles arrivaient, d'autres équipes ministérielles, des saccageurs virtuels… Les vrais conservateurs doivent pouvoir mourir de douleur, d'un coup, tués sans maladie, seulement par les temps qui changent.

Dans ce capharnaüm blanc, Hampaté-Francis passait et repassait, l'œil ravi et la poitrine en avant, où brillait le badge jaune LAISSEZ-PASSER, celui qu'il m'avait supplié, ô toi le grand toubab à qui rien ne résiste, d'obtenir (trois semaines de manigances honteuses et cruelles).

Je lui avais formellement interdit d'apporter sa guitare mais, je le voyais bien, ses lèvres s'agitaient, il s'entraînait ; en cheminant dans Versailles, il testait des hyperboles. Il voulait décrocher le marché du siècle pour un griot, la louange de Yamoussoukro, le palais d'Houphouët-Boigny, le vieux sage ivoirien.

Les cérémonies d'inauguration n'allaient plus tarder…

On m'avait attribué un sous-sol, comme il se doit. Une sorte de cave tapissée de ces écrans qui, dit-on, « traitent » les textes (comme on traiterait les eaux usées). Des fils me reliaient à la salle du Sommet, là où débattraient les sept chefs d'État et de gouvernement des pays les plus riches du monde. Le moment venu, je serais chargé de rédiger le projet de communiqué final. En attendant, rien à faire. Je visitai le château.

Quand Oscar descendit de son hélicoptère, vers 17 heures, enlacé par son papa Premier ministre du Canada, je le reconnus tout de suite. En lecteur passionné de *Hola!* (le chef-d'œuvre de la presse espagnole, la seule publication scientifique, oui, scientifique, sur la vie privée des vedettes et gouvernants), j'avais suivi par le menu la liaison supposée entre sa bellissime maman Margaret et le lippu rythmique Mick Jagger, et maintenant l'instance de divorce.

Le couple père-fils, courbé sous les pales qui tournaient encore, courut vers notre Président. Oscar tendit la main.

– Tu pourrais peut-être ôter ton walkman, a dit le Premier ministre du Canada.

– Walkman, walkman, a répété comme une comptine notre Président, qu'appelez-vous… walkman ?

– Justement, a enchaîné le Premier ministre du Canada, je souhaiterais qu'Oscar profite de son séjour pour prendre une leçon de français de France.

Oscar, la tête animée de mouvements bizarres (quelle musique pouvait-il donc écouter qui imposait ces oscillations si lentes ?), regardait fixement un point dans le ciel, espérant peut-être qu'un autre hélicoptère, habité par sa maman cette fois, viendrait à son secours.

Le Président m'a désigné ; je suis sorti des rangs sous le regard sidéré de mes collègues.

– Celui-ci, a-t-Il dit, quand il veut bien s'en donner la peine, parle à peu près français.

J'ai rougi, bien sûr. Il est vrai que par écrit, dans mes bons jours, je suis plutôt francophone. Mais, par oral, je suis muet. Est-ce que le mutisme est une sous-famille du français ? Il faudra s'en enquérir auprès de l'Académie.

Toujours est-il que l'on ma confié Oscar et que, sous le regard haineux de mes collègues qui avaient tout prévu, tous les moyens de plaire, sauf celui-là, l'enfant anglophone tombé du ciel, nous sommes partis vers les merveilles de la langue française, côte à côte, lui l'auditeur de musique étrange, et moi le lecteur de *Hola !*

Une fois goûtée, dégustée, savourée la jalousie verte des collègues, une panique m'envahit. Que faire d'Oscar ? Comme tous les célibataires, je ne supporte pas l'ennui des enfants. C'est terrible, alors, le regard qu'ils posent sur vous, l'accusation dans les petites prunelles, le poids poisseux de l'air, l'immensité soudaine des heures à tuer, l'ignoble lenteur du temps… Trois jours et trois nuits. C'était au-dessus de mes forces, j'allais appeler un clown, un prestidigitateur. Ils livrent le rire à domicile, comme une pizza.

Et puis, toujours dodelinant de la tête, tranquille dans sa musique, Oscar m'a pris la main. L'architecte des Bâtiments de France m'avait indiqué un endroit tranquille : « Ne le répétez à personne, c'est un miracle d'ébénisteries, ils me le massacreraient, en plus la plupart fument, vous imaginez... » Nous sommes montés par le Degré du roi. Et nous avons vécu là, chez la Du Barry, jusqu'au communiqué final.

– Il était une fois, commença Gabriel.

– *What ?* dit Oscar, décollant de son oreille droite la rondelle de mousse noire.

Il y en a qui se mettent des marrons dans les poches pour se protéger des rhumatismes. Moi, *Les Trois Mousquetaires* ne me quittent pas, un petit livre crème, édition Nelson, dans le minimum de poids le maximum de jeunesse, de gaieté, d'amitié.

Oscar avait rangé son walkman. Je lui expliquais les mots anciens. Je remplissais ma mission. J'avais remplacé le Louvre par Versailles. Je mélangeais les châteaux. Oscar m'interrompait à tout moment, il voulait par exemple savoir où habitait Mme Bonacieux, si la femme de notre Président portait des ferrets, si Jacques Attali était notre d'Artagnan, si le fils de Mme Thatcher s'appelait Buckingham...

Toutes les cinq heures, Oscar criait « j'ai faim ».

Le premier soir, nous avons beaucoup déménagé. Les chefs d'État et leurs parasites occupaient tout l'étage. Où prendre un repas tranquille ? Le Protocole nous avait installés dans le cabinet de la duchesse de Bourgogne. Sinistre, dit Oscar. J'étais d'accord. Les deux maîtres d'hôtel ont soulevé la table, les gardes du corps portant les chaises. Et nous voilà partis pour un lieu plus plaisant. Place, place, ou chaud devant, criait Oscar dont l'humeur était joyeuse. La multitude de badgés s'écartait, les conseillers, les aides de camp, les traducteurs, les chefs de presse, des êtres pâles, tendus, rongeurs de doigts, l'angoisse monte chez les subalternes quand approche l'heure du Sommet. Notre petit cortège taillait sa route dans les appartements de la Reine. Dans la salle de 1792 (hommage à Valmy), quelques collègues décomposés s'injuriaient les uns les autres : le dossier sur le protectionnisme japonais était perdu. Étrange obscénité et pathétique de la colère chez ces jeunes gens bien élevés. Ils tremblaient, tremblaient, on aurait dit qu'ils allaient se disloquer, éclater en morceaux. Nous sommes passés sans mot dire.

Nous avons cheminé encore quelque temps. Je me demandais où nous allions finir par dîner. Peut-être Oscar choisirait-il le Petit Trianon, la ferme pour rire de Marie-Antoinette ? Dans les assiettes, la brouillade à la tomate devenait plus sombre. Froide, bien sûr, et compacte. Adieu l'onctueux.

Enfin, dans la galerie des Batailles, Oscar a crié : « Ici ». « Où ? » ont demandé les maîtres d'hôtel. Il a montré le beau milieu. Cent cinq mètres de long pour un tête-à-tête, et rien que des égorgements, des chevaux saignés, des cimeterres dans les ventres, des regards à l'agonie… Il a levé son verre, m'a regardé dans les yeux :

– Parle-moi du divorce.

J'ai l'air d'avoir des habitudes. Comme si Oscar

était mon fils. Et que Versailles m'appartenait. Erreur sur la personne. Nous n'avons dîné que trois fois ensemble. Et ma seule vraie famille, je l'avais laissée dehors, sur son pliant, au pied de la statue de Louis XIV, Marguerite. Au fond, nous étions pareils, Oscar et moi. Lui non plus n'était pas très gentil avec sa vraie famille. Nous nous réfugiions dans des parentèles adoptives. Vers 21 heures, on entendit des voix, des pas sur le parquet, tout un remue-ménage : le Premier ministre du Canada venait souhaiter bonne nuit à son fils. J'interrompis mon histoire universelle du divorce. Oscar me sourit, remit son walkman, on ne disait pas encore baladeur à l'époque. L'Académie avait du retard, elle ne parvenait pas à suivre le rythme de l'invasion, de l'invention anglaise.

– Il ne faut pas que mon père soit jaloux de toi parce que je t'écoute, tu comprends ?

Je comprenais. Oscar se laissa embrasser, sans cesser de dodeliner. Il m'avait fait entendre sa musique préférée, *Part Time Love*, Elton John, *« Part time love is bringing me down 'cos I just can't get started… »*.

A plusieurs reprises, le Premier ministre demanda si tout allait bien, si Oscar avait bon appétit. On le rassura. Un de ses conseillers s'approcha, du doigt toucha sa montre. Oh mon Dieu ! Le Premier ministre du Canada s'enfuit. Oscar retira son baladeur.

La nuit, il se réveillait en criant. Je m'approchais de son lit. Je lui prenais la main. Ensemble nous écoutions les craquements du bois, les gémissements du vieux château. Je n'en menais pas large. J'étais responsable de lui. Et si on l'enlevait ? Je craignais surtout les francophones. J'avais régulièrement affaire à eux pour mes discours : ils me reprochaient tout, anglicismes, latinismes, néologismes. Ils traquaient l'impur. A chaque appel ils vibraient de colère. Je les sentais prêts à tout. Ils ont des associations redoutables, ces gens-là. Ils prendraient Oscar en otage : sa libération contre l'indépendance du Québec. Plusieurs fois, je faillis appeler les gardes à l'aide. Je rassemblais tout mon courage. J'avais verrouillé les portes et je me faisais honte, je me disais que d'Artagnan, lui, n'aurait pas eu peur des francophones. Oscar finissait par se rendormir.

Le dernier soir, au beau milieu de la petite cérémonie père-fils, juste comme le Premier ministre canadien embrassait l'écouteur du walkman (difficile de viser, avec les mouvements d'Oscar), un flash troua la pénombre. Hurlements. Rattrapez-le. Cavalcade sur les parquets cirés. Le reporter s'était échappé. Un mois plus tard, une photo parut dans *Hola !*, mon magazine. On voit un homme chauve qui approche ses lèvres d'un enfant souriant (à cause de son père, à cause de la musique ?). Au premier plan, un dos, assez flou. C'est moi. Voilà toute la trace que je laisserai jamais dans l'Histoire, un dos dans *Hola !*, juillet 1982, page 74.

A cause d'Oscar, j'ai failli manquer la dernière séance. Une panique l'avait pris. Il pleurait, il dansait sur place, il battait des bras comme s'il nageait dans l'air. *Les Trois Mousquetaires* avaient perdu tout pouvoir. Il ne m'écoutait plus, il répétait maman, où est maman, je veux voir maman.

Après avoir tout essayé, en bien ultime ressort, je l'ai emmené chez les tueurs de vacances. Je les connais, ces gens-là, du standard téléphonique. Ils savent vous retrouver un Président, un Conseiller, n'importe où sur la planète. Nous en avons tous fait la désastreuse expérience. Un beau temps de juin, joie, pleurs de joie, admirable noroît force deux, on lutte toute la nuit contre les courants de Manche et comme au matin glorieux on s'apprête à doubler le cap Lizzard avant de disparaître pour quinze jours dans un royaume d'où personne ne pourra plus vous arracher, soudain, au bord de la falaise, une petite silhouette s'agite et hurle. Que dit-elle ? On fait la folie de s'approcher, de tendre l'oreille : « *Come back to Paris immediately.* » Les tueurs ont dû dénicher la seule maison du comté pourvue de communications, et voilà, encore des vacances arraisonnées. Ou bien en montagne, retour de promenade, calme du soir qui tombe. Cloches des vaches, fracas d'un train, grésillement dans l'air : au-dessus, très loin, entre ciel et terre, passe le téléphérique. Surprise : la cabine s'arrête. Vertige. Un homme sort la tête. Accent suisse : « En haut lieu, on vous demande. » Nouveau forfait des tueurs : les vacances gisent à nos pieds, râlant encore, agitées de soubresauts.

Mais déjà condamnées. Tels sont les tueurs. On n'est sur terre pour personne, sauf pour eux.

Ils avaient installé leurs écheveaux, leurs paraboles dans un recoin de l'appartement royal, l'antichambre des chiens. Je leur expliquai la situation. Pas la peine de s'étendre, déjà ils tendaient leurs filets. Ottawa, quartier Chelsea de Londres, l'île Moustique : *« We are looking for Mrs. Trudeau. »* Ils semblaient déjà tout savoir de la belle. A mon sens, l'élite mondiale des standardistes lit *Hola !*

La folie de la chasse les avait envahis. Plus rien d'autre n'existait. Plus la peine d'appeler Mrs. Thatcher pour lui donner des nouvelles des Malouines ou les Reagan de la part de Frank Sinatra, l'ami du couple. Pas libre, pas libre... Le standard de Versailles était occupé.

Un garde jaillit dans la pièce.

– Monsieur le Conseiller, on cherche à vous joindre... La salle du Sommet.

– La salle du Sommet ?

– Je crois bien.

J'ai regagné ma cave au triple galop. Les sept chefs d'État ou de gouvernement (plus Delors) discutaient déjà du communiqué final.

Un téléphone blanc sonnait, celui qui relie ma cave à la salle du Sommet. Jacques Attali chuchotait. Il se tenait, m'avait-il expliqué fièrement, juste derrière le chef d'État français.

– Enfin, te voilà ! Bon, les choses sérieuses commencent. Je t'envoie les paragraphes du communiqué au fur et à mesure qu'ils seront adoptés...

La première version, « *Au cours de cette réunion tenue à Versailles, nous avons approfondi notre analyse commune de la gravité de la situation économique mondiale et nous nous sommes mis d'accord sur quelques objectifs pour une urgente action en vue de l'améliorer...* », fut tapée par une jeune femme couleur bleu roi, et avalée par la machine.

Et tel fut aussi le destin des deuxième, troisième, quatrième, cinquième versions...

Fallait-il ajouter « *en vue de poursuivre des objectifs à moyen terme* » au chapitre sur la coopération monétaire internationale ? La France y tenait. L'Amérique, qui voyait dans ce « *moyen terme* » l'ombre de la planification, c'est-à-dire la porte ouverte au communisme, s'y refusait. Deux étages plus haut, les Grands de ce monde ne se battaient plus que sur ce seul paragraphe. L'atmosphère était calme, sereine dans la grotte du communiqué final. Un petit air de vacances. Deux stagiaires blondes décolorées qui partaient le lendemain pour l'Espagne voulaient savoir si l'eau était déjà chaude en juin et les garçons un peu moins casse-pieds que les Italiens. Les interprètes discutaient entre eux, des histoires d'interprètes, de cabines, de micros qui ne marchent pas, d'orateurs qui bégaient. La dame en bleu se taisait, concentrée, jouait des doigts comme une pianiste avant un concert. C'était une femme sévère, une femme d'ordre mais à la jupe du tailleur trop serrée pour ne pas cacher du feu, une qui le jour domine mais la nuit s'abandonne volontiers à la cravache, bref une attirante.

Enfin, la dernière version du dernier paragraphe parut : *« Nous sommes déterminés à veiller à ce que le développement de la stabilité monétaire et celui de la liberté des échanges commerciaux et financiers se renforcent l'un et l'autre dans l'intérêt de la croissance économique et de l'emploi. »*

La jeune femme en bleu entra solennellement cette prose dans la machine. Elle attendit quelques instants, se retourna, nous sourit, légèrement méprisante, la lèvre supérieure retroussée. Elle appuya sur trois touches en disant « et voici le communiqué final ». Et rien. Au lieu des cliquetis, l'imprimante se taisait. En un instant, la grotte était devenue un bloc de silence cerné par les bruits du château, le vacarme des journalistes qui se préparaient et répétaient sans fin dans toutes les langues l'attaque de leur reportage : allô, ici Versailles, *allo, aquí Versailles, cerca de Paris*... Il n'y eut pas de communiqué final.

Le téléphone ivoire sonna :

– Ici Jacques Attali. Gabriel, que se passe-t-il ?

Resonna :

– Gabriel, s'il te plaît.

Sonna :

– Gabriel, sept chefs d'État t'attendent.

Sonna pendant tout le temps que s'éternisa la catastrophe. Sonna pour engueuler, sonna pour dire calmons-nous, sonna pour dire j'arrive, pour répéter d'une voix couleur de téléphone, ivoire, il y a sûrement une solution, il doit sûrement y avoir une solution, tandis que la jeune femme sévère se décomposait, morceau par morceau, perdait son regard, perdait ses lèvres, son air, jusqu'à l'auburn de ses cheveux, à chaque sonnerie du téléphone ivoire elle sursautait et se défaisait un peu plus...

Et Gabriel, pendant ce temps maudit, Gabriel, responsable en titre du communiqué final ?

Gabriel ne céda pas à la panique qui avait submergé la grotte. Bien au contraire, commença de sourire, un sourire inquiétant, j'imagine, vu de l'extérieur, dément, carnassier, mais qui, de l'intérieur, irradiait la plus douce des chaleurs, la chaleur de la revanche, de la puissance, de la certitude. Gabriel n'avait besoin de personne. Gabriel allait se substituer sans effort aux sept chefs d'État et de gouvernement (plus Delors). Gabriel allait rédiger seul et de chic le fameux communiqué. Au moment même où il allait se lever, déclarer : « Rentrez chez vous, je m'occupe de tout », le miracle vint d'un interprète longiligne, un pur émacié, jumeau de Sacha Pitoëff, que son métier commençait d'ennuyer fort, qui rêvait d'entrer dans l'action au lieu de relayer des paroles. J'avais vu son dossier d'intégration au Quai d'Orsay : il avait de bonnes chances, dans les vingt prochaines années, de rejoindre le corps des ministres plénipotentiaires... En attendant, il s'entraînait à la négociation. Et, version après version, notait les ajouts, les retraits, inscrivait en marge ses propositions personnelles, comparait, grommelait, jetait dans la corbeille, recommençait, ravi de l'aubaine : cours du soir, avec des chefs d'État pour répétiteurs.

Quand le drame s'abattit sur la grotte, après les minutes, les effroyables minutes de silence, il montra la corbeille :

– Tout est là !

Ruée. Contenu à l'instant renversé sur la table. Calmez-vous, criait Gabriel, de la méthode. On dépliait les papiers chiffonnés.

Par chance, inestimable hasard, don des dieux, le stylo de l'interprète s'asséchait vite. On put assez facilement, en comparant les teintes, du très bleu des mers du Sud au très pâle, presque blanc, retrouver l'ordre, rétablir une chronologie plausible des états du communiqué final.

Et tel il fut traduit.

Et tel il fut ronéoté, commenté par toutes les télévisions et tous les journaux du monde, avec le ton blasé qui suit les sommets (lesquels accouchent toujours d'une souris, c'est la nature des sommets) sans qu'aucun membre d'aucune délégation ne soulève la moindre objection. Tel le communiqué de la corbeille entra dans l'Histoire.

Le téléphone ivoire sonna une dernière fois. Ouf, dit Jacques Attali. On entendait des rires, des congratulations, une atmosphère de fin d'année scolaire. Les Grands étaient joyeux d'en avoir terminé. Ils se souhaitaient bonnes vacances et rendez-vous l'année prochaine.

Dans la grotte, Sacha Pitoëff avait sorti un peigne, une petite boîte ronde avec du gel, et se faisait beau pour la conférence de presse.

La jeune femme ex-sévère n'avait pas réalisé que le monde était sauvé. Elle ne quittait pas des yeux la machine en murmurant « disparu, disparu… ».

Moi, ma main tremblait toujours sur la corbeille

miraculeuse. J'ai du mal à caresser depuis : je garde en mémoire le contact du plastique mou et cette teinte hideuse, pur caca d'oie.

Et c'est ainsi, corbeille à la main, que j'ai assisté au départ des Grands de ce monde. Le chef du Protocole me fusillait du regard sans savoir la reconnaissance que nous lui devions, à cette corbeille. Si à notre époque on anoblissait encore, j'aurais prêts mes armoiries, mon blason : corbeille, gomme et crayon 3 B sur fond or.

Les Canadiens s'en sont allés les premiers. La petite tête d'Oscar est apparue derrière le hublot de l'hélicoptère. Il avait l'air joyeux, rieur. Les tueurs de vacances avaient dû réussir une fois de plus à trouver l'introuvable, l'instable et si belle Mme Trudeau. L'avaient-ils appelée jusque dans sa Daimler ? Une voiture de légende d'après *Hola !* : sa propriétaire n'aimait rien tant qu'accueillir l'acteur Jack Nicholson sur le siège arrière après avoir prié le chauffeur de rouler longtemps.

Oscar m'a souri, longuement souri. Je voyais ses lèvres dire merci, ou peut-être l'imaginais-je. Je n'étais pas si près. Au moment où l'hélicoptère a quitté le sol de Versailles, Oscar a agité *Les Trois Mousquetaires*. C'est la dernière image que j'ai de lui, un enfant qui agite un livre couleur crème de la collection Nelson. Puis qui remet son walkman, la coiffure favorite des enfants du divorce.

Après Versailles, les esprits se dilatèrent. Des sentiments de grandeur fermentèrent dans les crânes et, comme ces virus qui rendent folles les vaches anglaises, rongèrent le jugement des conseillers, solennisèrent leurs gestes, enorgueillirent leur mine, ralentirent leur diction, enrobèrent leur abdomen, pontifièrent leurs propos... En d'autres termes, les collègues, toujours enclins à vivre la vie des autres, s'identifiaient au Roi-Soleil et, chaises percées exceptées, copiaient son comportement de majesté. Légitimement préoccupé par ces dérèglements dont commençait à rire la presse, le Protestant, Secrétaire général adjoint, me convoqua.

– Gabriel, toi qui as réfléchi à ces choses, pourraistu rappeler à nos petits camarades les vertus de l'humilité, de l'ombre, enfin tu me comprends ?

– Avec plaisir, mais sans illusions, répondit notre héros.

De la petite conférence organisée un mardi soir, après la traditionnelle remise de décorations, dans la salle Fournier, car ainsi s'appelait le prédécesseur du Protestant nommé depuis aux Chemins de Fer, on peut dire au mieux qu'elle suscita l'étonnement. Jamais sans doute ces hauts lieux de la bureaucratie et de la frénésie, ces bronzes prétentieux, ces rideaux à grosses fleurs roses n'avaient entendu évoquer Maître Eckhart.

Gabriel fut sommaire : comment ne l'aurait-il pas été tant est vertigineuse la pensée du dominicain de Thuringe ? Gabriel essaya d'être clair, en pure perte, tant cette pensée réclame de disponibilité et tant ses collègues avaient l'esprit encombré de dossiers inextricables.

Et pourtant, Gabriel parla de choses essentielles qui logeaient en lui depuis toujours et y grandissaient lentement :

> L'humilité et l'homme ont même racine : *humus*, la terre. La loi de l'humilité est ainsi la loi de la vie, la loi du Don. Nous sommes, et surtout vous mes pauvres amis, envahis par le fracas du monde, envahis par tout ce peuple de petites « causes secondes » qui veulent se faire entendre. Celui qui fait le vide en soi contraint – vous m'entendez ? de l'allemand *bezwingen* – oui, contraint Dieu, la Cause première, à venir l'habiter. Car la nature de Dieu est d'emplir le vide.

Seuls les tempéraments les plus optimistes auraient pris pour de l'attention l'ébahissement de l'assistance devant cette introduction. Gabriel, tout à son enthousiasme pédagogique, ne s'interrogea pas sur le sens de ces bouches ouvertes, de ces yeux égarés, et continua son propos.

> Comme une sphère projetée sur un plan, les deux pôles se rejoignent, le haut va vers le bas et le bas vers le haut, et se rejoignent au centre. Telle est la dialectique générale de l'humilité : l'abaissement est une élévation. Et réciproquement...

Gabriel consulta sa montre. Il savait qu'il devait faire court : les conseillers, à force de ne lire et de n'écrire que des résumés, avaient perdu tout sens de la durée. D'ailleurs, déjà certains doigts tapotaient fiévreusement la feutrine.

> Je conclurai. Dieu n'est rien sans quelqu'un qui l'accueille. Pauvre donneur qui conserve son don sans trouver preneur. Mais nul ne peut recevoir sans humilité. Ainsi l'humilité de l'homme est la condition de la nature divine de Dieu. Et peut se comprendre la thèse centrale du sermon allemand n° 14 : « L'homme humble et Dieu ne font qu'un. L'homme humble a pouvoir sur Dieu exactement comme Dieu a pouvoir sur lui-même... » Vous imaginez le coup de tonnerre dans ce XIVe siècle débatteur mais prudent. L'Inquisition s'émut. Un procès s'ouvrit, qui aboutit en 1329 à la condamnation d'Eckhart, lequel avait déjà quitté ce monde. Chers amis, je vous remercie.

Et Gabriel, le cœur serré, les regarda s'éloigner, s'éloigner de l'humilité vraie, qui vers son bureau et l'amas des dossiers, qui vers sa famille, tous lieux d'encombrements mentaux détestés de Dieu.

L'auteur fut félicité par le Protestant. Qui lui suggéra de recommencer régulièrement de telles causeries (l'orgueil est une herbe tenace, Gabriel), mais peut-être un peu moins abstraites, tu ne m'en veux pas de te dire cela ?

Sans en tirer aucune gloire, en toute cohérence avec mes propos précédents sur l'humilité et seulement soucieux de ne dire rien que la vérité mais toute la vérité, je voudrais raconter le jour où a germé en Lui l'idée de me nommer ministre.

D'ordinaire, je ne quittais pas mon bureau. J'avais tant à faire et puis où serais-je allé ? On m'avait fait comprendre qu'Il lui déplaisait de me croiser dans les couloirs. Normal : les parents adoptifs aiment rarement la compagnie de la mère porteuse, et qu'était mon métier sinon la maturation des phrases, la maternité pour le compte d'autrui ?

Le soir, quand j'avais trop écrit, quand une fatigue à vomir me prenait, quand les mots bondissaient, quelque part dans la pièce, hors d'atteinte, ricaneurs, et refusaient, malgré mes supplications, de gagner leur place (ma tête) et de se préparer (sagement) à l'atterrissage sur la feuille blanche, le soir, quand le palais était enfin désert, je m'offrais quelques vacances. J'ouvrais les voilages. Au-dessus des arbres, le Grand Palais paraissait, avec ses rondeurs de baleine ou de paquebot renversé. Une fois de plus m'envahissait la certitude enfantine que la mer n'était pas loin, que la marée allait monter jusqu'à nous. Les dimanches d'été, les familles viendraient se baigner sur la plage des Invalides. J'entendrais les cris des jeux.

C'est l'heure où j'appelle mes amis infirmières et docteurs des hôpitaux. Ils ne sont pas surpris, depuis le temps. Souvent, ils précèdent ma demande, ils me donnent les dernières nouvelles des malades célèbres. Ils savent que c'est professionnel, que j'en ai besoin pour mon travail. A charge de revanche, bien entendu. Au poste où je suis, je puis rendre toutes sortes de services, places à Roland-Garros, contraventions qui sautent, passeports établis dans la demi-journée...

Comme un grand patron, j'ai mes lits. Je fais ma visite, entouré d'internes boutonneux et de Martiniquaises nues sous la blouse. Je circule doucement entre les agonisants illustres, sur la pointe des pieds, pour ne pas les déranger, ce n'est que Gabriel, l'écrivain fantôme du Président, mourez tranquilles, je ne vous oublierai pas. A certains moments, j'ai l'impression que la mort frappe surtout les gens illustres. Peut-être parce que les gens illustres sont plus fragiles que les inconnus. Ils se tiennent les uns aux autres, comme des dominos ou les arbres géants d'Amazonie. Le premier qui s'en va entraîne tous ses voisins. Je me souviens d'une série, en 1985, ils mouraient tous, les merveilles (Orson Welles, Chagall, Signoret, Jankélévitch, Jean Dubuffet, la grande-duchesse Charlotte de

Luxembourg, une des noblesses du siècle, Heinrich Böll, Marie Bell, Michel Audiard, Louise Brooks, les rafales n'arrêtaient pas, Yul Brynner, Elsa Morante, Fernand Braudel, Émile Guilels...), et puis les autres, les grands Néfastes (Tchernenko, Enver Hodja, le timonier d'Europe)... Je ne pouvais plus suivre le rythme, j'écrivais toute la nuit, perdu dans les *Who's who*, mes dictionnaires, mes archives personnelles.

Ne croyez pas que j'aime la mort. Je veux seulement me trouver là au moment du départ, être le dernier humain que l'on voit avant d'être avalé par la haute mer, celui qui agite un mouchoir blanc au bout de la jetée. Merci d'avoir passé quelque temps parmi nous sur la terre ferme. Merci, chère célébrité, et meilleur voyage possible !

Alors je gagne toujours, presque toujours, la course du chagrin. Car une fois tombée la mauvaise nouvelle, l'annonce d'un trépas quelque peu considérable, tout le monde se précipite. Président, Premier ministre, ministre concerné, opposition... Chacun veut montrer sa peine avant les autres. Trop tard, mesdames, messieurs, trop tard, Gabriel a déjà rédigé son télégramme de condoléances.

Parfois, nous ne savons même pas à qui les envoyer, ces télégrammes. Les célébrités n'ont pas toujours de famille. Alors, nous les adressons aux principaux journaux, faute de mieux. Les condoléances flottent dans l'air, sans personne sur qui se poser. C'est un peu triste. Mais, finalement, la presse n'est-elle pas la vraie famille des célébrités ?

Il me savait gré de mes réflexes. Je le sais : Il l'avait dit au Protestant.

– Gabriel s'occupe très bien des morts.

C'est peut-être ce qu'Il préférait en moi, cette vigilance. Il corrigeait sévèrement mes textes nécrologiques. Je ne lui en voulais pas. Il avait souvent, je dois l'avouer, très souvent, trop souvent raison. En ces occasions, je me laisse facilement envahir par la grandiloquence. Par exemple, pour Michaud, le poète, j'avais écrit :

> C'était l'explorateur par excellence, celui qui, même immobile, ne peut s'empêcher de voyager...

Il a gardé l'essentiel.

> Henri Michaud nous a conduits loin en nous-mêmes, où nous n'osons plus guère aller.
> Telle était sa poésie, fiévreuse et imprévisible, avec ce ton d'humour hautain : il avait fait de la fantaisie une exigence.

Un jour, Il m'a parlé de la mort. La mort est peut-être la seule chose qui L'intéresse encore : on croit qu'Il joue au golf, les lundis matin, comme son collègue Président américain. C'est faux, je le sais par Son chauffeur. On n'emporte les clubs, les chaussures à clous que pour faire diversion. En fait, Il se promène dans les cimetières. Peut-être, parmi tous les cimetières, préfère-t-Il les anglais, les américains, ces vastes prairies juste hérissées de dalles ? C'est vrai qu'on y pourrait jouer au golf. Les balles blanches voyagent dans l'air comme les âmes.

Quelqu'un qui aime tant l'Histoire, qui s'acharne tant à entrer dans l'Histoire, façonne une pose, la pose qu'il aura dans les siècles des siècles, dans la mort, dans l'Histoire. Il n'a tant voulu changer la vie que pour sculpter sa mort.

Oui, un jour, Il m'a parlé d'elle. Un jour où nous étions tranquilles, Lui et moi, dans la voiture blindée, entourés de motards. C'est le meilleur moment pour parler. Pas de téléphone. Personne ne nous dérange. Impossible de descendre en marche. Il levait la main pour saluer un ou deux badauds. Et ainsi, bras levé, sourire figé, Il m'a demandé :

– Alors ?

– Oui, monsieur le Président ?

– Alors, vous l'écrivain fantôme, vous devez bien avoir quelques accointances avec l'ombre, dites-moi, hein, au fond, que savez-vous de la mort ?

Un bref instant, un souvenir incongru m'a occupé la tête, un souvenir inopportun mais de circonstance, le souvenir de Tycho Brahé, le grand astronome danois, l'auteur d'un catalogue de 777 étoiles, mort par rétention d'urine en 1601. Invité par l'empereur Rodolphe à voyager dans son carrosse, il n'avait pas osé, de la journée, Lui avouer son besoin pressant.

– Alors... ?

Mon illustre voisin n'avait pas remarqué mon trouble. Mais Il s'impatientait.

J'ai évoqué saint Jérôme, la littérature tibétaine. Il y eut dans Ses yeux comme une lueur, enfin de l'intérêt. On devient ministre pour moins que ça, beaucoup moins qu'une lueur. Un jour, je raconterai comment.

Bien sûr, j'aurais aimé plus d'ombre encore. L'ombre est comme l'amour physique : plus l'on pratique, plus l'envie monte.

Mais le Président ne confie l'ombre, l'ombre véritable, les secrets d'État, qu'à ses amis les plus proches. Je comprends. Je suis jaloux mais je comprends. Le sel de l'amitié, c'est le mutisme partagé, cette vie souterraine qui double la vie apparente. Alors je m'arrange, je prends comme je peux ma part. Grâce au parquet.

L'homme de l'ombre a un visage du Moyen Age. Si les gens connaissaient mieux leur histoire, jamais il ne pourrait vivre cette existence d'incognito, avec son air de Louis XI : yeux aigus, menton pointu et barbichette... Il est vrai que, dans les pays où il se rend pour ses missions « Confidentiel Défense », la Libye, le Proche-Orient, la famille Valois est peu connue.

Souvent, le matin, nous nous rencontrons devant le portemanteau, dans l'antichambre. Il accroche son couvre-chef, toque de fourrure l'hiver, feutre le reste du temps. Toujours, il a la tête couverte. L'été, un jour de canicule, je l'ai même vu arriver en canotier, comme le général Boulanger. Les deux gardes n'en revenaient pas. Puis Louis XI se frotte les mains. Manifestement, il goûte ce métier même s'il est engagé dans des causes impossibles, la réconciliation au Liban, la consolidation des frontières du Tchad. Mais il arrête net ces manifestations de bonheur. Il a surpris mes yeux d'envie.

– Pardon, Gabriel, vous aussi, un jour, vous verrez, vous connaîtrez des secrets d'État.

– Merci, Roger.

– Vous êtes comme moi, hein, Gabriel, sans secret, que vaudrait la vie ?

Je hoche la tête : un secret, un vrai secret est quelque chose en soi de plus grand que soi. Il demeure en nous et nous demeurons en lui. Comme un amour, comme une gaieté. Pourquoi la détention d'un secret vous donne-t-elle ce double sentiment de fierté et de légèreté ? J'ai souvent réfléchi à la question depuis que j'habite l'ombre. Le secret fait communiquer des morceaux de vie, de personnes apparemment étrangers. Le secret fait voyager, passer sans heurt d'un univers à l'autre. Le secret est de nature musicale.

Je souhaite à Louis XI une bonne journée et il disparaît dans son bureau. Juste le temps d'entendre sa secrétaire :

– Bonjour, monsieur, voici la liste des appels.

Je ne saurai jamais qui a téléphoné, et je reste seul dans le noir. J'ai soudain l'impression de me trouver loin, très loin de Paris. Toutes les suites de tous les hôtels du monde ont ce genre d'antichambre. Dopé par cette sensation de voyage, je pousse la porte voisine. C'est là, dans la salle de réunions, que je m'installe souvent le matin. Au beau milieu de la feutrine marron, j'étale mes papiers. C'est l'endroit où chaque mercredi matin l'équipe présidentielle se retrouve pour jouer l'importante : mêmes dossiers, même heure que le Conseil des ministres.

– J'ai besoin pour écrire mes discours d'un lieu où tout le monde passe.

Ce sont des phrases qu'un garde républicain comprend. Il hoche la tête et me protège. Il me demande si je veux boire quelque chose, s'il ne fait pas trop chaud.

Le parquet commence à craquer. Comme si quelqu'un entrait. Mais non, je suis toujours seul dans la salle de réunions. Les êtres humains qui font craquer le parquet se trouvent là-bas, de l'autre côté des murs tapissés de faux satin orange. Ce sont les visiteurs de Louis XI. Je ne les vois jamais, je n'entends jamais le moindre murmure. Louis XI est méticuleux. Il a fait doubler les cloisons. Là-bas, à trois mètres de moi, dans un autre monde, ils doivent se communiquer mutuellement des informations capitales, de véritables bombes, le genre de nouvelles qui vous font sortir de votre fauteuil et marcher de long en large. Autrement, pourquoi le parquet grincerait-il autant? A force, j'ai noué des relations affectueuses avec ce parquet, ce vieux parquet sur lequel circulent les ombres invitées par Louis XI. Je vis ainsi des heures parmi les bruits de pas. Je me sens comme un amputé, je souffre de parties de moi-même que je n'ai plus. Ces souffrances fantômes, disent les médecins, peuvent être atroces. Mais chez moi elles sont douces, elles bercent comme une tristesse.

Pendant la rénovation du palais, Louis XI a refusé de déménager. Le parquet avait été déposé. Entre les poutres on voyait serpenter des fils de toutes tailles et couleurs. On marchait dans son bureau comme sur une corde, un pied devant l'autre et bras tendus, pour ne pas tomber. Je m'asseyais avec une infinie précaution.

– Attention, Gabriel, pas un geste, au moindre écart votre fauteuil tombe et son pied percera le plafond…

Nous restions là, tous les deux, à regarder avancer latte après latte l'intrus, le parquet neuf, le parquet muet. Le chef d'équipe nous avait suggéré de nous installer ailleurs. Pas question, avait répondu Roger. Les ouvriers nous lançaient des coups d'œil furieux.

Et quand ils partirent, les ouvriers, Roger appela Mme X, la secrétaire. Elle avait préparé une bouteille.

J'ai levé mon verre.

– A l'ombre !

– A l'ombre et au parquet.

– J'ai peur que le temps des craquements soit fini, Gabriel. Je suis désolé. Mais, vous le comprenez bien, je ne peux rien vous raconter.

– Bien sûr, Roger, rien du tout. Il vaut beaucoup mieux…

– Voyez-vous, Gabriel, ce parquet était toute une époque, et j'ai horreur qu'une époque finisse. Souhaitez-moi bonne chance. Je me demande si nous réussirons jamais à libérer nos otages du Liban. C'est dur, vous savez, les dossiers pourris. Comment éviter aux dossiers pourris de continuer à pourrir ?

L'heure est maintenant venue de rendre hommage à la fête nationale. Durant ces années, le 14 Juillet a été mon seul vivier, le pactole qu'il fallait savoir étirer trois cent soixante-cinq jours durant sous peine de désert sexuel, vers décembre.

Soigneusement, je m'y préparais, j'avais mes recettes, par exemple ne pas dormir la veille : les femmes hument la nuit blanche. Ça les intrigue, les attire. Donc, cafés, innombrables cafés dès le 13 juillet 18 heures. Et puis, au matin du 14, rasage minimal, main légère sur le coupe-chou. Je savais depuis longtemps que l'air malsain est *la* tactique du timide. Doser le négligé n'est pas facile. Après tout, j'avais une fonction officielle, je me devais à certaines règles. Alors je m'arrêtais à temps, juste avant le vrai mauvais genre. Fidèle au même rituel, instauré dès la première année, je me douchais durant le défilé de nos armées sur les Champs-Élysées. Quand s'arrêtait l'averse, j'entendais par la fenêtre ouverte les musiques militaires.

Et les pimpantes s'avancent dans la cour d'honneur. Elles se sont bronzées, pomponnées, décolletées, amincies ou potelées, vêtues jeune, estival : fuchsia, abricot, framboise. On dirait un jardin qui marche. J'aimerais m'installer là, me faire tout petit, entre les graviers, pour avoir de meilleures perspectives sur toutes ces jambes qui passent, mon défilé à moi, tandis que la garde républicaine joue *Sambre et Meuse*, je me souviens d'où l'amour d'elles m'est venu, les premières leçons d'écriture, une maîtresse d'école traçait des lettres au tableau noir, nous parlait de jambages, je la regardais, elle, les deux mollets qui sortaient de sa jupe, jambes et jambages à jamais indissociés, depuis les mots trottent, et la démarche d'une femme est ma calligraphie préférée, éphémère, un instant dans l'air puis disparaît, les jambes me racontent des histoires inavouables, toutes les jambes, les trop fortes un peu honteuses, les élancées fières, les sans chevilles, les genoux un peu empâtés, les dépareillées aussi, des raretés, les asymétriques quand la gauche et la droite ont l'air d'appartenir à deux corps différents, et toutes qui progressent en rythme, ce jour-là, sans doute la contagion du bleu blanc rouge...

Je n'ai aucune mémoire des visages, infirmité qui m'interdit la carrière politique, impossible pour moi de mettre un nom sur une bouille vaguement entrevue trois ans auparavant, dans la fumée de quelque congrès. Mais je me souviens des jambes, on ouvrirait mon crâne, on les trouverait là, avec la date et l'heure et parfois le prénom quand j'ai eu le bonheur de les faire entrer quelque temps dans ma vie.

Alors commence le plus pénible, la frustration : au lieu de me précipiter, attendre. Attendre dans mon bureau, attendre que le soleil tape sur les jardins, attendre que les pimpantes souffrent de la chaleur. Je me demande quelle serait ma vie amoureuse dans un pays sans été. C'est la vue d'une sueur légère qui me donne le courage d'aborder une femme, leur embarras me rassure, je sais qu'alors elles pestent (mon Dieu, je dois être affreuse, trop rouge, et mon nez qui brille), une tempe qui perle, elles baissent la garde, et je m'engouffre.

Deux heures, la fête bat son plein, l'orchestre joue des airs à la mode, le brouhaha des conversations ne cesse de monter, et les pimpantes déchantent. Leurs compagnons les ont plantées là sans vergogne, au milieu de la pelouse, et profitent de l'aubaine (la foule de gens importants rassemblés entre quatre murs), les maris s'enivrent de contacts, de sourires de loin, de mains serrées, de fausses promesses, en septembre on s'appelle, on déjeune. Ils sont comme moi, ils ont décidé de l'utiliser jusqu'à la corde, le 14 Juillet...

Les pimpantes sont fatiguées. Les pimpantes s'ennuient. Les pimpantes donneraient n'importe quoi pour une douche glacée, pour une boisson fraîche, si seulement les buffets n'étaient pris d'assaut par les militaires, les défileurs, les corps d'élite qui se restaurent après la revue...

C'est alors que j'interviens avec ma coupe de Moët et mon plus beau regard.

– Un petit rafraîchissement, madame ?

J'ai mon arrangement avec le traiteur Constant qui partage ma folie du cacao. Je lui rédige ses réclames, les notices accompagnant son catalogue. Il a donné des consignes. Je peux passer par-derrière, où les magnums sommeillent dans la glace. Pour un peu, elle m'embrasserait, la pimpante. Je ne perds rien pour attendre. Elle me regarde droit dans les yeux.

– Vous n'avez pas l'air d'un extra, vous.

A ce moment-là (tout est prévu), un maître d'hôtel s'approche :

– Vous n'avez besoin de rien, monsieur le Conseiller ?

– Conseiller ? Mais alors, vous travaillez ici, s'exclame la pimpante, comme c'est passionnant !

– Ça vous dirait de visiter le palais ?

– Vous pensez...

Gabriel pourrait l'entraîner, mais, attention la cigale, il faut songer à l'hiver, provisionnons, engrangeons, Gabriel la prie de l'appeler, dès demain, nous prendrons rendez-vous. Gabriel salue et s'en va vers un autre bout de la pelouse où se morfond une autre pimpante.

Bien sûr, depuis le temps, je sais reconnaître les impatientes, celles qu'il faut accrocher illico, autrement elles regardent ailleurs, la vie les emporte, natives du Bélier le plus souvent, voire du Taureau. Celles-là, je les entraîne dans une visite rapide : dix minutes, les bureaux du premier étage pour les faire frissonner, les coulisses du pouvoir...

Je me souviens d'une Geneviève, née un 23 mars, ascendant Lion. Nous venions de jeter un coup d'œil chez Lui, elle s'émerveillait de tout, la mappemonde géante, le bureau bleu design. Soudain, nous avons entendu un bruit : Il arrivait par l'est, par Son secrétariat. Comme nous cherchions à fuir, autre bruit, symétrique, cette fois venu de l'ouest : le Conseiller Spécial Jacques Attali regagnait lui aussi son bureau. Et nous voilà coincés, l'ascendant Lion et moi, entre les doubles portes, dans l'espace minuscule qui sépare les deux pièces. Noir absolu, elle bientôt dans mes bras blottie, murmurant mon Dieu mon Dieu que va-t-il nous arriver ?

Alors, tout près de mon oreille, une respiration, un souffle accéléré qui ne pouvait venir de Geneviève, étant donné sa position. Pas de doute, le Conseiller Spécial écoutait à Sa porte et, oui c'était bien lui, ne pouvant retenir son énervement, il pianotait sur le lambris, à peut-être trois centimètres de mon oreille.

Alors, à l'est, le parquet grinça.

– Oh non, pas ça, murmura ma Geneviève.

Hélas, il fallut accepter l'évidence : à son tour Il approchait, à son tour Il colla Son oreille contre la porte du Conseiller Spécial, mais Lui ne pianota pas. Peut-être voulait-Il comprendre comment faisait Son voisin pour écrire tant de livres, sur des sujets si variés ? Je n'eus pas le temps d'échafauder d'autres hypothèses : Geneviève m'occupait tout entier, une vague l'avait saisie, elle ondulait par tout le corps, de la tête dodelinait, défaillait, renaissait pour à nouveau défaillir.

Je ne m'étonnais pas trop. Les corps ont leurs préférences. Dans les années trente, quand le taureau était brave, un certain matador éjaculait de bonheur durant les véroniques, mais je redoutais plus que tout le dénouement, et j'avais plaqué ma main sur la bouche de ma pimpante. Son plaisir m'arracha un franc morceau de paume : j'en garde encore la cicatrice à la base du majeur. Mais parfaitement silencieux nous sommes restés. Et nos deux illustres voisins, au bout d'un siècle ou peut-être un peu plus, regagnèrent chacun son bureau.

Nous avons été délivrés par un groupe d'élus du Nivernais, fort éméchés, venus Lui présenter leurs respects. Profitant de la bousculade et de la chaude ambiance, nous nous sommes éclipsés.

Dans le grand escalier, en reprenant ses esprits, Geneviève a joué les confuses :

– Un peu plus, à cause de moi, Il vous renvoyait...

J'ai répondu que les risques faisaient partie de mon métier : sans connaissance intime, comment écrire pour Lui, et sans risque, comment avancer dans la connaissance ?

Elle m'écrit, de temps à autre, des lettres parfois nostalgiques (« décidément, j'ai beau accumuler, c'est ma plus forte expérience »), parfois amères (« qu'as-tu fait de ma vie sexuelle que tout désormais me paraisse fade ? »).

Le palais a bien d'autres ressources.

Sans prétendre que tous ses coins et recoins, y compris le salon Murat où se tient le Conseil des ministres, ou le bunker atomique sont bons pour l'amour, il est un fait indéniable : les pimpantes apprécient la salle des Présents, l'endroit où l'on entasse les cadeaux qu'Il reçoit.

Mes petites camarades s'émerveillent devant l'éléphant en bois incrusté d'ivoire offert par le ministre indien de l'Information, la coupe en émail cloisonné du prince Sihanouk, le brûle-parfum onyx et or du prince Naif, le chameau chinois en terre cuite qu'on dirait aspergé de caramel (Zao Ziyang), l'inévitable boutre du Qatar, la collection de samovars russes, de poignards arabes, sans compter les scènes d'oasis saoudiennes, chameaux et palmiers en argent, socle en malachite, les lions de Venise, les paons indonésiens, la dent de narval canadien, la ménagerie africaine…

Elles battent des mains devant tout ce bric-à-brac, elles lèvent un doigt, comme à l'école :

– Attendez, on dirait, oui, on dirait une liste de mariage, oh oui, c'est ça, le mariage de la France avec tous les pays du monde…

Moi, je connais par cœur les mots qui ont accompagné tous ces cadeaux. Le dîner officiel s'achève. Le Président, sitôt la dernière bouchée avalée, se lève. Nous, en bout de table, les subalternes, venons juste d'être servis. Et ce sera encore une glace vanille que nous ne toucherons pas. Car sitôt qu'Il commence à parler, le Protocole est formel, terminé le repas. Le Président remonte aux temps anciens, les préludes de l'idylle inscrite dans les astres entre nos deux nations, languissant récit d'amour à travers les siècles. Je me souviens de la visite d'État au Brésil :

> Sait-on que l'empereur Don Pedro II s'entretenait avec Hugo de l'esclavage, avec Renan des langues

sémitiques, avec Pasteur de l'extinction de la fièvre jaune ?...

J'avais dû beaucoup réduire : on m'avait fourni des fiches innombrables, des citations émouvantes.

Enfin, Il pérore. « Et je lève mon verre... à l'amitié indéfectible. » Juste après, échange de cadeaux, exclamations, abrazos...

Et maintenant ils sont tous là, ces cadeaux inutiles, chers et laids. « Indéfectibles », c'est l'adjectif obligé pour ces fausses amitiés-là, les amitiés entre nations.

La pimpante me regarde droit dans les yeux :

– Vous faites le plus beau des métiers !

L'archiviste doit rôder quelque part dans le couloir, à guetter notre sortie. C'est une femme réservée. Loin de moi l'idée d'en faire une voyeuse. Elle prend simplement très à cœur son métier. Elle me l'a dit, ses grands yeux noirs dans les miens, qu'elle a fait baisser : je laisserai après moi un portrait complet – vous m'entendez ? complet – de la vie au palais.

Après quoi, je raccompagne ma pimpante. Je m'arrête toujours au beau milieu de la cour d'honneur. J'indique à la jeune femme la direction, l'est, et puis la regarde s'éloigner, d'un pas très assuré, dans l'enfilade de cours et de voûtes. Tantôt l'ombre l'avale et puis je la retrouve, frappée de lumière. Ce clignotement m'avertit qu'une fois de plus une femme va disparaître, comme dans certains cafés, tard le soir, on allume, on éteint, pour faire comprendre aux irréductibles qu'allez, on ferme.

Au moment où elle franchit la porte verte, les gendarmes la saluent, talons joints, main droite sur le képi. Et elle débouche dans la petite rue aux allures londoniennes. Alors, souvent, un homme s'avance. D'où je suis, de si loin, je ne distingue pas ses traits, seulement une silhouette, une silhouette de mari. Il lui pose la main sur l'épaule, ils marchent quelques pas. Il lui ouvre la portière d'une voiture blanche. Ils ont l'air d'un couple uni : est-ce qu'on peut soupçonner une femme à qui l'on vient de faire le salut militaire ?

Telle fut, sans fard, ma sexualité. Sexualité pitoyable, jugeront certains, dont l'archiviste. Mais les gens de bonne foi admettent généralement qu'elle a été méritoire, pour un fantôme.

La fabrique de discours est un art fragile, tout de complicités, de connivences, une sorte d'amour où la fidélité, la quotidienneté même jouent un rôle décisif, peut-être plus encore que dans les couples traditionnels. A trop quitter le palais, j'aurais perdu le contact miraculeux. J'en avais la certitude et la terreur : sous aucun prétexte je ne devais rompre ces liens, tous ces liens invisibles qui m'attachaient à Lui, quoi qu'Il en eût dit, et me permettaient d'entendre Ses mots avant qu'Il ne les prononce. L'été, j'errais dans les couloirs, les salons déserts, je reniflais, je caressais, je m'asseyais sur le tapis rouge des escaliers, je fermais les yeux, j'engrangeais des échos, des images.

Au début, ma conduite a étonné. Le Protestant s'est interrogé : un malade mental a-t-il sa place dans l'équipe présidentielle? On a voulu me cantonner, m'assigner à résidence, on m'a doucement suggéré de ne pas quitter mon bureau sans raison. Gabriel n'a rien dit, Gabriel s'est mis en grève de rédaction, Gabriel a laissé le champ libre aux textes administratifs. Au bout d'une semaine, une seule petite semaine, on est venu supplier, d'abord par téléphone, puis en chair et en os, Gabriel, s'il te plaît, Gabriel ! Gabriel, bon prince, a pardonné. Dès lors, Gabriel a rôdé quand et où bon lui semblait.

Généralement, au début du mois d'août, Il annulait un Conseil des ministres. Et le palais restait vide quatorze jours. Vides, toutes ces pièces où ne passait plus que Gabriel pour prendre connaissance du courrier et régler deux, trois urgences. Je remplaçais une bonne dizaine de collègues exilés au bord de la mer avec leur famille. Après mille recommandations, ils m'avaient confié l'Industrie, l'Agriculture, la Justice, la Recherche, la Diplomatie, l'Éducation, pas moins…

Enfin seuls, la France et moi.

Les gardes, qui me voyaient galoper d'un bureau à l'autre, hochaient la tête :

– C'est bien, monsieur le Conseiller, très bien de faire de l'exercice. Nous vous trouvions trop sédentaire, continuez, coudes au corps, inspirez, expirez…

Pas question de prendre du repos. Je puisais dans ces quatorze jours d'intérim des connaissances sectorielles et les mots qui vont avec, des mots pour tout le reste de l'année.

Aujourd'hui, si longtemps après ces ivresses, on doit savoir reconnaître ses erreurs. Sans doute nous étions-nous trompés de subdivisions. Dociles aux cases (l'Agriculture, l'Industrie, les Questions sociales...), comment pouvions-nous *« changer la vie »* ? « La vie » avait compris à qui elle avait affaire, des rêveurs purs, des couards de la tête. La prochaine fois que nous aurons le pouvoir, il faudra essayer autre chose, des portefeuilles plus secrets, souterrains, un conseiller à la couleur bleue, un autre à la fidélité, un chargé de mission à la connaissance de Rabelais, ou une répartition des responsabilités par élément, ministre de l'Air, ministre de l'Eau, ministre du Feu... Au moins, ça réveillera « la vie », elle finira peut-être par hausser ses lourdes paupières : qui sont ces nouveaux voyous ?

En sept années, je n'ai pris que deux jours de congé, deux jours, transports et contrôles du passeport diplomatique compris, deux jours qui ont failli ébranler ma raison.

Depuis ma nomination, un mécène, président de la « Jobs and Lives Foundation », m'invitait régulièrement à venir passer quelques jours d'août à Gryon, « petite localité tranquille en dessous de la station réputée de Villars. Vous y retrouverez vos pairs, loin des angoisses de vos métiers passionnants... ».

Chaque fois, il m'envoyait deux photos : celle du chalet traditionnel qui abritait la Fondation, et la sienne. Avec son embonpoint, sa calvitie parfaite, son costume crème, ses yeux très bleus, il ressemblait à ces petits bonshommes météorologues qui sortent de ce genre de chalet quand il fait beau.

C'est cette ressemblance qui me décida. Et puis les mécènes sont si tristes, d'habitude, solitaires. Cet homme-là m'avait ému.

Le petit train rouge à crémaillère crissait comme un couteau qu'on aiguise. On aurait dit un jouet à friction, comme si une main nous poussait, nous relâchait, nous poussait à nouveau, nous ramenait en enfance. D'ailleurs, tout devient peu à peu miniature quand on monte de Bex vers Villars, le torrent, les rails, les piscines, le golf, même les montagnes. Deux touristes randonneurs de langue hollandaise s'enduisaient le visage et les jambes de crème à la citronnelle.

Le mécène m'attendait devant la gare en bois. Il portait des vêtements de villégiature, les mêmes que sur la photo : chapeau de paille, costume crème, chaussures blanches.

Quand le train finit par s'arrêter, le mécène se dressa sur la pointe des pieds. Et, ainsi tressautant, il longea les deux wagons. Il scrutait l'intérieur. Soudain, son visage s'éclaira. Il fit un grand geste de la main. Je mis du temps à descendre, à cause des randonneurs. Leurs sacs à dos bloquaient la porte.

– Bienvenue à la Fondation, Gabriel. Tout le monde vous attend.

Et nous nous sommes mis en marche. Un employé des Chemins de Fer suisses portait mon unique bagage. Lorsque la pente s'est faite plus rude, vous permettez, Gabriel, le mécène a pris mon bras.

Je fermais et ouvrais les yeux. Je pénétrais dans un royaume d'enfants, avec des balançoires dans tous les jardins, des piscines gonflables, des toboggans jaunes, des luges empilées sous les auvents. Et les maisons étaient des homes. D'abord le Hibou, les Écureuils sur la droite. Puis le Marquis de Carabas. Et, juste avant le virage, le Raminagrobis.

Les collègues en étaient au cognac. Le mécène fit les présentations.

Stewart Cullen, raboteur des virilités thatchériennes ; Bienaimé Voltaire, le Canadien bilingue, qui écrivait avec un centimètre, les deux parties, anglaise et française, de son discours devant avoir exactement la même dimension ; Marc Sureau que Senghor avait choisi parce qu'il aimait les normaliens, mais qu'il avait envoyé en stage trois mois au-delà de Thies, pour qu'il s'imprègne de palabres africains ; Aldo Mouton-Brady, le souffleur de Jean-Paul II, qui savait dire « joyeux Noël » en cinquante-deux langues dont le basque, sa maternelle ; Maria Magalhaes qui tentait d'instiller un peu de joie de vivre dans le regret portugais de ne plus vivre au temps d'Henri le Navigateur ; Cesare qui, dans chacune des cent dix-sept allocutions de Sandro Pertini, avait réussi à glisser une phrase de Daniel Defoe, son idole ; Edmond Hillary, l'obsédé, qui se régalait d'ambiguïtés point encore remarquées par l'Église irlandaise... Et tous les autres.

Je fus adopté.

Un quart d'heure après mon arrivée, nous nous racontions nos vies, nos vies fragiles de fantômes. Mes collègues me félicitaient d'être resté célibataire. A les entendre, ni les conjoints ni les enfants n'aimaient les fantômes : les premiers demandaient le divorce, les seconds jugeaient.

Maria n'arrêtait pas de nous quitter pour téléphoner. A tout bout de champ, elle disparaissait dans la petite pièce *ad hoc*, au pied de l'escalier, tapissée de cartes du monde, on entendait sa voix, un murmure chuintant, ces invraisemblables consonnes portugaises, et puis l'on voyait sa jambe battre, elle parlait debout, sans impatience, alanguie, résignée. Au début, on croyait qu'elle travaillait. Mais non, il s'agissait d'appendicite, son deuxième fils venait d'être opéré. De Gryon, Maria continuait de gérer sa famille, sept enfants (comment sept enfants l'avaient-ils laissée si menue ?). Elle réglait tout par téléphone, les gros chagrins, les petites maladies, les disputes incessantes ; une maman d'ébonite...

A un moment, Maria Magalhaes regarda tendrement notre mécène.

– Nous devons vous barber, avec tous nos potins...

– Mais pas du tout. Vous savez comme j'aime les nouvelles. On ne peut pas vivre sans nouvelles. C'est pour cela que j'ai créé la Fondation, vous le savez bien. Je vous en prie, continuez.

Nous avons continué. Le plus grand succès fut

pour John. Reagan, son patron, lisait les discours qu'on lui préparait sans y changer le moindre mot. Cette fidélité exaspérait John comme elle nous exaspère tous. (Pour un peu, on préférerait que nos chefs d'État jettent nos œuvres et improvisent, c'est dire.)

– Un jour, promit John, un jour je finirai ainsi une page : « Pour résoudre la dramatique situation dans laquelle nous nous trouvons, pour pacifier Brooklyn, pour en finir avec le chômage, pour freiner l'immigration mexicaine, oui, mesdames et messieurs, j'ai une solution… » Vous comprenez, il faut absolument que le mot *solution* soit le dernier, tout en bas de la page.

– Et alors ? Et alors ? crièrent tous les fantômes.

– Alors, le cher Reagan tournera la page.

– Et alors ?

– Alors il lira la phrase suivante : *« And now, you bastard, you're on your own ! »* (« Et maintenant, mon salaud, à toi de jouer. »)

Depuis quelque temps, Maxime, le mécène, avait disparu. J'ai fini par apercevoir son chapeau de paille derrière les barres de l'escalier. Il s'était assis là, en haut des marches, comme les enfants qui veulent, sans être vus, assister au dîner des parents. Il nous couvait des yeux, il nous disait merci. Moi, j'étais un peu gêné par tout cet empilage de vies les unes sur les autres : Maxime vivait sur notre dos, et nous, nous vivions sur le dos des hommes d'État. Mais, au fond, tout le monde était content. Et peut-être que demain le monde sera ainsi : de plus en plus de gens quasi morts financeront de moins en moins de gens presque vivants…

L'angoisse m'a envahi vers le soir, à la fin de notre promenade. Le soleil était déjà couché et la lumière d'été s'attardait. On entendait le pas des bêtes, le ruissellement des robinets ouverts sur l'abreuvoir, un peu plus loin le grincement du chariot qui emportait le lait. Une odeur de mousse montait avec la brume, une vague humide, pourrie, mêlée d'autres bouffées soudaines, plus fortes mais éphémères, bouse, mazout.

Nous nous arrêtâmes un moment devant le terrain de foot. L'interminable partie commencée des heures auparavant continuait, enfants des homes contre enfants du village. Je les connais les petits footballeurs, ils avaient dû se baptiser de noms ronflants, par exemple Suisse contre Reste du monde, mais, T-shirts, torses nus ou vrais maillots, comment s'y retrouvaient-ils ? De temps en temps, onze cris montaient, un but, un autre but. A intervalles réguliers, le ballon roulait jusqu'à nous. L'un des petits joueurs venait le ramasser. Parfois jusque dans nos pieds. Mais sans un coup d'œil pour nous. Comme s'il n'y avait eu personne, le long de la touche, face aux tribunes vides, face au panneau blanc à lettres noires. Gryon FC, pour football club, suivi d'un premier trou où l'on inscrivait les buts contre les visiteurs (autre trou). Nous n'étions même pas des visiteurs.

Je suis reparti la nuit même, sans prévenir personne, sur la pointe des pieds pour ne pas faire craquer le parquet du chalet traditionnel.

J'ai simplement laissé sur la table en pin du salon un mot, « pardon », et un cadeau, une citation. Les citations sont les pilotis de l'écrivain fantôme : sans elles, il s'enfoncerait doucement dans le néant. Les citations sont la preuve que certains écrivains ont vraiment existé et qu'en creusant bien on pourrait trouver un peu de réalité biographique sous les mots.

J'en avais trouvé une, cette année-là. Une noble d'allure et pourtant passe-partout, une poétique mais irréfutable scientifiquement, une qui alliait rigueur et démagogie. Bref une perle, un amour de citation : *« Le Divers décroît. Là est le grand danger terrestre. »* Elle m'avait servi déjà cinq fois : pour l'installation du comité d'éthique, pour la séance inaugurale du premier sommet francophone, pour le centenaire de la Société d'électricité et pour deux voyages officiels, l'un en Corse, l'autre aux États-Unis. Le véritable auteur de cet amour de citation est Victor Segalen : *Stèles, peintures, équipées*, Plon, Paris, 1970, page 21. Mais, dans mes discours, je l'avais attribuée à Pierre Jean Jouve. Parce que j'aime ce poète injustement méconnu et d'ailleurs préfacier de Segalen. Aussi pour qu'un jour, dans mille ans, un érudit fou, consultant le recueil des déclarations officielles, découvre cette erreur et se frotte de joie les mains. Ce brin de joie futur me rend gai. J'ai de l'amitié pour l'érudition. Si tous les gens d'autrefois avaient comme moi parsemé leur existence de pièges et de jeux, la vie des érudits serait moins austère aujourd'hui.

Quant à Jouve, je ne me faisais pas d'illusion : aucun de mes collègues n'aurait jamais entendu parler de ce très grand explorateur de la culpabilité (1887-1976). Qu'à cela ne tienne. Ils utiliseraient la même supercherie que moi, ils attribueraient la merveille sans doute à Cervantès. Cervantès est le grand recours des fantômes, tout le monde le connaît et personne ne l'a lu ni ne le lira jamais (trop long). Hélas.

La nuit était claire et sentait la résine, les pommes de pin chaudes.

Je suis redescendu à Bex par la voie du chemin de fer. Et cette marche entre des rails, à longer les dents de la crémaillère, peu à peu m'a rassuré.

Personne ne m'a reproché ma fuite. Les écrivains fantômes sont des gens qui comprennent les crises de panique. Et chaque mois de juillet, le mécène continue de m'inviter pour août. En plus des deux clichés habituels, le chalet et lui-même, il m'envoie la photo du groupe.

– Votre place est parmi nous, Gabriel. Mais prenez votre temps, tout votre temps.

De temps à autre, Il me convie à survoler notre pays. Ces invitations ne sont jamais gratuites : je sais qu'Il a noté dans tel ou tel de mes textes des insuffisances, un relâchement dans l'Incarnation.

Donc rendez-vous sur le terrain de sport, derrière l'École militaire. L'équipage nous attend au pied de l'appareil Puma blanc aux formes rondes de jeune baleine.

Quelle est la vraie nature de l'hélicoptère ?

Longtemps j'ai redouté ces engins, je leur gardais rancune. Je me souvenais d'Anja Lopez, femme de Francis, l'auteur de mélodies qui avaient ravi l'après-guerre (*Méditerranée, La Belle de Cadix, Rossignol de nos amours*). Anja avait les plus beaux seins du monde, d'après *Paris Match* qui a des archives et subséquemment les moyens de comparer. Un 20 mai, l'Écureuil FGDUL qui la transportait s'est écrasé, avec les plus beaux seins du monde.

Depuis, j'ai pardonné. Et réfléchi.

Autant les avions ont des comportements typiquement humains (sitôt décollé, ils gagnent au plus vite l'air rare, l'altitude, ils fuient la terre, ils la méprisent, ils ne cherchent que rapidité et pouvoir, machines pratiques mais indifférentes, inattentives), autant les hélicoptères ont partie liée avec le divin. A certains moments, je me demande s'ils ne sont pas, Dieu ne pouvant envoyer Son fils sur terre à tout bout de champ, Ses jouets : des petits Christ mécaniques. Personne n'a remarqué qu'ils se déplacent comme leur bienheureux modèle ? Ils frôlent la surface de l'eau sans se mouiller, ils ont des assomptions parfaites, sans besoin de piste de décollage, ils portent des poids plus lourds même que la Croix, ils ressuscitent les blessés ou du moins les emportent plus vite que le vent vers les urgences des hôpitaux...

En tout cas, prendre l'hélicoptère c'est emprunter l'œil de Dieu, Son acuité, Sa souplesse, Sa passion du détail, Son ironie, Sa bienveillance. De haut, à condition de prendre le temps, de s'arrêter même, point fixe si nécessaire, on voit tout, le présent et le passé de la société des hommes.

Telles étaient nos cures de France. En pleine guerre scolaire, nous avons survolé la Vendée, ses bocages, ses manoirs. Alors que se déchiraient les diverses tendances du parti censé Le soutenir, nous avons gagné la Nièvre, Bibracte où pour la première fois les tribus gauloises s'unirent en nation. Pour m'initier à la stratégie, nous avons examiné de haut la ligne Maginot, le mur de l'Atlantique... Mais le chef de l'État n'aimait rien tant que tenter de repérer les fractures du pays dont Il avait la charge, la frontière nord de la vigne (Nantes-Sedan), la ligne précise au-delà de laquelle ne pousse plus l'olivier (Perpignan, Valence, Nice). Il me hurlait à l'oreille des leçons d'Histoire :

– Ah, si l'hélicoptère n'était pas si dispendieux – quelle horreur ce fracas – dis-pen-dieux, et si le Budget ne me tenait pas les rênes si courtes, j'offrirais un voyage en l'air à tous les écoliers de France. Ça vaudrait tous les manuels. Oh, regardez ce chêne : pourquoi est-il resté seul au milieu du champ, hein, d'après vous, à cause de quelles croyances – décidément, on ne s'entend plus –, quels esprits l'habitent ?

Il me nourrissait, me gavait même, Il prenait à cœur mon Incarnation.

Un dimanche de la fin d'août, nous avons utilisé la même méthode autogire pour visiter le grand écrivain.

– Vous connaissez Michel Tournier ?

– Bien sûr.

– Personnellement ?

– Oh non, monsieur le Président.

– Alors voilà... j'ai pensé qu'il vous serait agréable de le rencontrer.

– Merci, monsieur le Président.

– Agréable et utile. Un grand écrivain s'incarne, n'est-ce pas, plus que tout autre humain – je crois que vous devriez boucler votre ceinture –, un Français passionné d'Allemagne et de philosophie, capable de se couler dans la peau noire de Vendredi – vous n'aimez pas les trous d'air, hein, monsieur Orsenna ?

– Tout va pour le mieux, monsieur le Président.

– Vendredi, vous savez, le compagnon sauvage de Robinson, vous avez lu *Les Limbes du Pacifique* ?...

– Oui, monsieur le Président.

– ... a sûrement des choses à vous apprendre.

L'homme qui, malgré sa haute stature, sa peau blanche, son goût de la Prusse et son bonnet de laine, avait réussi à s'identifier à Vendredi habitait un presbytère. Il nous servit du thé. Et comme le chef de l'État voulait parler de Zola et qu'on ne conteste pas les souhaits d'un chef d'État venu, par voie des airs, vous visiter dans votre presbytère, ils parlèrent de Zola, surtout le Zola documentaliste, celui qui enquêtait des mois sur le sujet qu'il voulait aborder. Le chef de l'État connaissait très bien Zola. Mais le Grand Écrivain le connaissait mieux encore, il citait des détails rares, précieux. Par exemple, le voyage de Zola en « Haute Cocotterie », quand il amassait des détails pour *Nana*. Le Grand Écrivain savait par cœur des notes de son illustre collègue : « Baisade brusque avec le coiffeur qu'on tutoie. Le coït les embête. Avec l'amant : tire-moi un petit coup avant qu'on monte en voiture. J'y vais de mon petit voyage quand elle baise sérieux. » Le chef de l'État était secoué de rires. Un reste d'enfance avait franchi l'habituel masque de marbre.

Le chef de l'État était ravi de rencontrer un tel spécialiste de l'école réaliste (un chef d'État, par obligation, est tenu d'appartenir corps et âme à l'école réaliste). Mais le chef de l'État était aussi légèrement furieux de cette supériorité. Je remarquais les brefs coups d'œil qu'Il me lançait : Il était rassuré que je ne prenne pas de notes et, je le voyais bien, Il cherchait à évaluer les capacités de ma mémoire. Là aussi, la vacuité de mon regard (j'avais avalé mon Valium 10, habituel compagnon de tout voyage en hélicoptère : ce petit comprimé chassait de la mémoire le triste souvenir d'Anja Lopez) Le tranquillisait. Cet entretien ne laisserait pas de trace. On oublierait cette supériorité du Grand Écrivain. Je sentais bien que je Lui devenais sympathique, malgré ma peur des trous d'air. J'ai compris, ce jour-là, que les chefs d'État veulent être chefs en tout, même en Zola. Et que ceci est l'article 1 du Code de la courtisanerie.

Une amie du Grand Écrivain, dame du voisinage, collègue à lui, spécialisée dans les textes courts, les nouvelles (excellentes, j'en avais lu : la lecture de nouvelles est pour le nègre comme les gammes pour le pianiste, l'exercice quotidien de la souplesse, l'entraînement à se glisser très vite dans un univers), passait du cake à intervalles réguliers.

Enfin, il fallut se séparer, quitter le presbytère. On promit de se revoir.

Nous avions retrouvé notre vaisseau spatial. Le chef de l'État, par le petit hublot, saluait les villageois, les villageoises, leurs enfants et leurs chiens. A part ces derniers, tout le monde agitait la main. Le chef de l'État souriait d'un sourire blanchâtre, délavé, un sourire peut-être usé par tous ces regards toujours tendus vers Lui. Les pales géantes battaient l'air au-dessus de nous, et couchaient l'herbe du pré. Un gendarme courait après son képi ; les autres se tenaient dignement au garde-à-vous, dans la tempête, la main gauche bien posée à plat sur la coiffure, la droite sur la couture du pantalon et les yeux plissés pour tenter d'éviter les rafales de brindilles et de poussière.

Nous volions dix, vingt mètres au-dessus des maisons. Je voyais détaillé un dimanche finissant en vallée de Chevreuse, un couple récure la piscine, un autre débarrasse une grande table blanche, les amis sont partis, il reste du dessert, deux adolescents jouent au ping-pong un baladeur sur la tête, des voisins discutent accoudés de part et d'autre d'un mur mitoyen, une femme nue prend le vent sur une balançoire d'enfants, des pompiers sont courbés sur un corps allongé dans l'herbe, de l'autre côté de la maison le gyrophare du SAMU tourne…

Au beau milieu de cette communion de Gabriel avec l'Ile-de-France, le chef de l'État se détourna de son hublot. La petite joute sur Zola l'avait mis en appétit littéraire. Hurlant, puisque telle est la règle si l'on veut communiquer en hélicoptère, il commença de cheminer dans ses goûts littéraires, Chardonne, Paul-Louis Courier, Marie-France Pisier…

J'avoue, je ne tendais pas l'oreille comme il aurait fallu. Je me nourrissais d'un goûteux spectacle : les dandinements d'un cycliste en pleine côte de Châteaufort. Il me venait des bouffées de Tour de France, des envies de peloton.

– Vous savez que Marguerite Duras était très belle dans sa jeunesse ?

Le chef de l'État suivait son chemin.

– Ah bon, dit Gabriel.

– Elle avait des yeux chinois, Asie oblige.

– Bien sûr.

– Et la peau, surtout la peau, une blancheur, une douceur…

Tout en criant pour couvrir le fracas du moteur, le chef de l'État parvenait à moduler.

– … ce qui ne l'a pas empêchée de faire une grande Résistance.

Au-dessous de nous, les voitures ralentissaient, premier bouchon, retour de week-end. On ne voyait que les toits scintillants dans le soleil couchant et puis des coudes, les coudes gauches des conducteurs passés par la fenêtre ouverte et posés sur la portière, un alignement de coudes mâles parisiens jusqu'au pont de Sèvres. L'usine Renault, le paquebot de l'île Seguin flottait toujours. Marguerite Duras continuait sa vie amoureuse agitée.

Et moi, j'étais heureux. La journée avait été reposante, pour une fois sans crayon III B Staedtler entre les doigts. Et je m'étais enrichi d'un savoir inutile et délectable : l'anatomie précise de Marguerite Duras, du temps qu'elle était belle.

La Rentrée fut fidèle à sa nature de Rentrée, c'est-à-dire une horreur.

Le palais vibrait de projets, de colères, de commandes, de contrordres. En deux jours, les conseillers avaient perdu leur hâle et retrouvé leur teint, pâle à reflets grisâtres, paupières clignotantes et lèvres amincies d'avoir été si souvent mordues. Furieux d'avoir laissé la place au silence d'août, les mots réaffirmaient leur empire, ils s'imposaient, ils s'insinuaient comme des cafards dans une chambre d'hôtel africain, la moindre minute d'emploi du temps se couvrait de toasts, allocutions, exordes... Gabriel n'arrêtait pas.

Consoler Bourguiba après le raid israélien contre le siège de l'OLP à Tunis, fêter le quarantième anniversaire de la Sécurité sociale ou déplorer la révocation de l'Édit de Nantes (tricentenaire), remercier les autorités andorranes pour la remise de la Questia, accueillir à Orly Gorbatchev ou l'émir du Qatar, installer le Haut Conseil de la population, féliciter Claude Simon pour son Nobel...

Au moment d'affronter la visite d'État au Venezuela (quatorze discours de toutes tailles sur les sujets les plus divers, tropicaux ou civilisés), une sorte de fatigue envahit Gabriel. Sans doute les séquelles de ces maudites vacances. Trois jours et trois nuits, sous le regard terrorisé des secrétaires qui pourtant multipliaient les attentions (thé toutes les heures, macarons à la framboise, récits très intimes de parties de jambes en l'air avec Antoine, le plus beau des gardes), il demeura prostré devant sa feuille blanche. Elles le suppliaient d'appeler à l'aide, elles lui prenaient la main, la posaient sur le téléphone, elles avaient peur de composer elles-mêmes ce numéro-là, qu'elles croyaient magique. Enfin Gabriel se décida et convoqua son griot.

Hampaté-Francis, depuis quelques mois, se faisait rare. Il arriva, mais grommelant, pressé. Sans même dire bonjour, sans même répéter à Christine, en roulant des yeux, qu'elle avait une croupe de Bamiléké, il s'assit, prit sa guitare :

– Bon, tu es prêt, patron ?

Et commença ses louanges : « Ô berger des phonèmes, celui qui fait chanter la prose même des télégrammes… »

Mais sa voix était plate, sa musique morte, ses mots à peine lancés retombaient comme des crêpes froides. Gabriel le coupa tout de suite.

– Que se passe-t-il ?

Hampaté resta une seconde silencieux, puis :

– Griot, c'est fini.

– Comment ?

– Le griot est mort.

Et suivit l'explication : Hampaté-Francis avait bien étudié le marché français. Les Blancs n'étaient pas prêts à dépenser beaucoup pour les louanges. En tout cas, les louanges en paroles. Ils préféraient les louanges muettes, les louanges en choses, la belle voiture, les beaux costumes qui disent la gloire sans syllabes. En revanche, les Blancs étaient perdus dans la jungle des sentiments. Perdus et torturés. On dirait que tout le monde quitte tout le monde dans ton pays, Gabriel, et que l'amour toubab est un repas permanent de cactus. Donc, Hampaté-Francis avait déterminé son créneau : le retour d'affection et lui seul. Dans le monde moderne, Gabriel, il faut se spécialiser : griot ou marabout, il faut choisir. J'ai choisi. A ton service, Gabriel, pour toutes les aventures amoureuses ! Mais pour les louanges personnalisées, tu m'excuseras, j'arrête. Si tu veux, j'ai des adresses de collègues.

Gabriel remercia, prit bonne note, embrassa l'ex-griot et, convoquant tous les morceaux d'énergie qu'il sentait endormis et dispersés au fond de lui, se remit au labeur vénézuélien avant d'aborder les douze allocutions pour deux jours en Bretagne, Morlaix, Pleslin-Triganou, Lamballe, Saint-Brieuc, Lannion, Plessale, Quimper, Lorient, Vannes… quotas laitiers, sous-marins nucléaires, désenclavement, politique de la pêche…

Dans cette grande moulinette à verbiage, une seule récréation : la visite de l'archiviste.

– J'ai besoin de votre aide...

Elle baissait la tête devant mon bureau, longue jupe et cardigan marine, blouse blanche à col pointu et croix d'or dans l'échancrure, cheveux en catogan (ruban bordeaux).

Elle avait relevé les yeux. Moi, le cœur me battait. Je me répétais, cela ne veut rien dire, rien dire, mais je venais de remarquer que son alliance avait quitté sa place, l'annulaire gauche, et voyagé jusqu'au majeur droit. Elle prit sa respiration, se lança. Cela tenait du murmure. Aucune importance. J'ai une bonne oreille pour les femmes.

– Vous savez, l'École des chartes n'apprend pas les émotions.

Je ne sais comment, je réussis à maîtriser mon trouble et abondai dans son sens.

– C'est tout à fait mon avis. Il faudrait revoir les programmes, compléter les formations. D'ailleurs, pourquoi ne conserve-t-on pas aussi les sentiments aux Archives, hein, pourquoi ? Vous ne trouvez pas que les sentiments sont encore plus fragiles que les papiers ?

Bien sûr, elle rougit. Ses cils battaient la chamade.

– Tout cet amour, ici, dans ce palais... Vous, je veux dire... Vous vous y connaissez plus que moi, vous pourriez m'aider à classer ?

Ô comme elle avait raison ! Malgré mon arrivée récente, je commençais à m'en rendre compte : le palais était une arche de Noé. Dans chaque bureau, un conseiller, et dans chaque conseiller une variété de l'amour de Lui. On ne pouvait pas dire qu'Il manquait d'amour. Il était cerné d'amour, nourri, abreuvé, réchauffé, rafraîchi d'amour, protégé et séparé du monde par l'amour.

J'assurai l'archiviste de mon soutien. Bien sûr, un jour, dès que la demande de discours se ferait moins pressante, je me lancerais avec plaisir dans cette classification, cette taxinomie amoureuse. Elle secoua la tête comme pour écarter une abeille, merci, et s'enfuit sans demander son reste ni saisir la main (tachée d'encre) que je lui tendais fraternellement. Elle n'avait jamais l'air de marcher. Elle me donnait plutôt l'impression de pagayer dans l'air…

L'École des chartes m'a fait songer aux instruments de musique anciens, à tous ces érudits qui s'acharnent à restituer les « sons d'époque ». Nous n'avons pas la même ardeur en matière affective : qui cherche à retrouver « les sentiments d'époque », le trouble au XVIIe siècle, la jalousie au XVIIIe ? Ne faudrait-il pas affiner cette branche de la recherche, « l'histoire des mentalités » ?

Cette distraction (et ses perspectives) avait redonné souffle à Gabriel. Il retrouva, plein d'entrain, son pensum du moment : féliciter le nouveau président de l'assemblée générale de l'ONU :

> Permettez-moi, monsieur le Président, de vous adresser à mon tour – au nom de la Communauté européenne et de ses États membres – mes plus chaleureuses félicitations pour votre élection unanime à la présidence de notre assemblée générale. Votre expérience des affaires internationales, votre parfaite

connaissance du système des Nations unies, vos qualités personnelles vous recommandent tout particulièrement pour ce poste important : nous ne doutons pas qu'elles y feront merveille.

Il n'en savait la raison, mais ces salamalecs imbéciles l'emplissaient de paix, comme jadis, *Sur ton visage une larme*, les chansons de Lucky Blondo. Il imaginait New York, le palais des Nations unies, la grande salle, les représentants de cent soixante pays hochant la tête en cadence, l'air pénétré, tandis qu'à la tribune l'éphémère président, un certain Joseph Nanven (Nigeria), Guido de Marco (Malte) ou Samir Sobhi al Shihabi (Arabie Saoudite), joue, quoique envahi par la fierté, l'impassible.

Pendant ce temps, on s'apprêtait dans la cour d'honneur. Au milieu du perron, les deux huissiers parlaient sûrement vélo, comme d'habitude. A gauche, clairsemés sur une estrade, le petit groupe de photographes, des étrangers au teint foncé. A droite, les gardes républicains alignés sur trois rangs, armés de fusils d'assaut noirs pour les uns, d'instruments de musique pour les autres. Le chef agitait nerveusement son bâton. Il s'impatientait. Au premier étage, des secrétaires avaient ouvert la fenêtre de leur bureau et regardaient les militaires. Elles montraient du doigt et pouffaient. Elles faisaient leur choix.

Une fois de plus, Il était en retard.

Alors les trois ambassadeurs venus présenter leurs lettres de créance tournaient, tournaient lentement autour du palais.

Bangladesh, Bulgarie, Paraguay, on pouvait suivre au bruit le cortège, avenue Marigny, rue du Faubourg-Saint-Honoré, rue de l'Élysée, avenue Gabriel, et de nouveau Marigny, Saint-Honoré…

Un jour peut-être, on les oublierait, ils tourneraient toute la nuit. Pauvres diplomates !

Enverront-ils ce soir à leurs capitales respectives une dépêche pour se plaindre ? Je pense plutôt qu'ils avaleront cette première couleuvre et câbleront à Dacca, Sofia, Asunción les mêmes mots, le même optimisme pathétique des ambassadeurs.

> La cérémonie s'est déroulée dans un climat de franchise et d'amitié qui ouvre grandes les portes de l'avenir. Bien au-delà de ma personne ou de celle de ma femme, dont l'éducation secondaire à l'École alsacienne, 60 rue d'Assas, représente un atout qui ne sera pas négligé, la durée de la poignée de main qu'Il m'a accordée, très exceptionnelle, de l'aveu même du Protocole, prouve, s'il en était besoin, que le Président de la République française entend relancer l'ambition commune… Bref, après une période de sommeil, avouons-le *(toujours le coup de patte au prédécesseur, qui console de la couleuvre)*, une ère nouvelle de coopération s'annonce entre nos deux pays.

J'ai aimé les jours fériés. A tour de rôle, nous prenions la permanence. Vingt-quatre heures immobile au milieu des téléphones, des blancs, des gris, un noir, souhaitant et redoutant qu'ils sonnent. J'aimais tant les permanences que je ne manquais jamais celles des autres. De mon petit bureau, j'ai vue sur la cour. Rien n'est plus drôle que l'arrivée de la famille invitée par le permanent. La famille entre au palais par la loge d'honneur. Elle doit présenter ses cartes d'identité. Puis l'émouvant petit cortège apparaît, toujours le même.

D'abord le garde. Puis le père, qui avance très raide, comme au pas. Pour calmer son émotion de venir retrouver son fils ici, à la Présidence, il doit s'abandonner à des souvenirs de service militaire. Et la mère, à ses côtés, les mains crispées sur son sac noir, la tête tournant en tous sens, comme celle d'un oiseau, ivre de curiosité. Je t'en prie, doit lui murmurer le père. Pourquoi, autrement, la mère hausserait-elle soudain les épaules ? Le gendarme leur tient la porte et ils disparaissent dans l'aile ouest.

Patiemment, j'attends qu'ils ressortent. Je déjeune seul, d'un plateau.

Par la fenêtre ouverte, j'entends la télévision, les seuls bruits d'un dimanche dans une loge d'honneur, une voix d'enfant balbutie, il me semble vaguement reconnaître un air connu, une foule bat des mains en cadence, puis applaudit, l'enfant s'est tu, quelqu'un hurle, quel talent, quel rythme, chaque dimanche depuis dix ans c'est pareil, le même crochet pour bambins, les premiers lauréats ont maintenant l'âge d'avoir des enfants-chanteurs, la roue tourne, le dimanche rien ne change.

La porte que je guette finit par s'ouvrir. Revoici la famille. Une famille rassasiée avec yeux brillants et joues un peu rouges. Une famille comme une autre félicite un fils lauréat de quelque chose. Le lauréat parade un peu, fait l'important, tend l'oreille (vous comprenez, si on m'appelait...). Ils s'embrassent au milieu d'une cour surmontée d'un drapeau tricolore. Si j'ouvrais la fenêtre, si j'appelais, la scène heureuse se briserait à l'instant en autant de morceaux de verre qu'il y a de graviers dans la cour tricolore. Une armée de petites hontes ignobles envahirait le gentil conseiller, la honte de sa mère aux cheveux trop coiffés, la honte de son père qui parle trop fort, la honte de lui-même, la honte d'avoir honte...

Non, je reste là, derrière mon rideau, tout près du bonheur familial, du bonheur si fragile, si menacé par la meute des hontes. J'attends. Je tiens mes comptes : ils ne ressortent pas tous. Je soupçonne le palais d'abriter plus de gens qu'on ne croit. On viendrait tôt le matin, on croiserait dans les couloirs des inconnus en pyjama.

Notre artiste attend, l'aquarelliste-brigadier Rosière. Il voudrait bien finir son œuvre tant qu'il reste de la lumière : les vingt-huit fenêtres de la façade (y compris les deux œils-de-bœuf). Avant le départ du dernier invité, il n'ose pas installer son chevalet au beau milieu de la cour. Souvent, je le vois repartir bredouille, la mine désolée, le soleil est tombé, je sais que le temps le presse. Bientôt la retraite, et, avec elle, closes à jamais pour lui, les portes du palais. Alors je lui crie des consolations. Il lève la tête, il tente de sourire, merci, monsieur le Conseiller, mais encore un jour de perdu. Nous échangeons quelques mots sur l'ombre.

Telle est la couleur des dimanches, qui a déteint sur tous les autres jours.

Quand on l'annonce, avant toute chose et tout discours cessant, je me dirige vers la fenêtre. De mon entresol, à condition de se pencher vers la gauche et de frôler du nez la vitre, on voit la loge d'honneur. Elle se tient là, menue, fragile, souriant aux uniformes et vêtue de couleurs vives. Depuis cinq ans, elle a choisi les couleurs vives, le vert pomme, le jaune paille. Autrefois, elle vivait en sombre. Un beau matin, elle a dû se scruter dans la glace, se persuader que désormais sa vieillesse me faisait honte et qu'elle la camouflerait mieux sous du vif. Elle fait front, petite et crâne, toute fière de son audace. C'est pour cela qu'elle sourit en confiance aux uniformes. Mais moi, je sais qu'il faut se méfier des couleurs. Un jour, elles dévoreront ma mère et les uniformes ne pourront rien pour la défendre.

Au bout du fil, le garde ou la secrétaire s'inquiète de mon silence.

– Monsieur le Conseiller, monsieur le Conseiller, vous êtes là ?

Je me tais encore un peu et je la regarde, je regarde ma mère, je fais le plein d'émotions car la suite sera insupportable, je le sais. Comme chaque fois, elle a apporté un cartable, un petit cartable grenat et je sais, je sais ce qu'il y a dans ce cartable, le dossier de ma vie, des preuves irréfutables que je l'ai manquée, ma vie, et qu'il n'est peut-être pas trop tard, si j'y mets du mien, pour en changer. C'est une mère plus mère que toutes les mères, donc insupportable. Alors, avant de la recevoir, je fais provision d'affection pour ne pas me conduire comme tous les fils : l'embrasser sur le front et l'envoyer au bain, avec tous ses conseils.

C'est ma faute, uniquement ma faute. Si j'avais eu des enfants, ne serait-ce qu'un enfant, nous aurions, lui et moi, partagé l'avalanche des sentiments maternels. Les familles n'ont pas été inventées pour s'arrêter net. Les derniers de la liste se font écraser par l'amour.

Ce jour-là, sitôt entrée dans mon bureau, elle est revenue sur son thème favori, l'exemple du Général de Gaulle :

– Lui aussi a été nègre, Gabriel, tout comme toi, pas plus pas moins. Et encore, je suis modeste. Il tenait la plume pour un maréchal de France. Toi, pour un président de la République. Hiérarchiquement, tu es un nègre supérieur.

Elle avait fait son enquête. Elle savait tout du livre que le Général, vers la fin des années vingt, écrivit pour Pétain, *Le Soldat*, un hommage à l'armée.

– Il ne travaillait pas très loin d'ici, Gabriel, au 4 bis boulevard des Invalides. D'accord, il fumait trop, tout le monde le dit. Mais il a eu le courage de rompre, lui. Je te prie de lire ceci.

Et elle me tendit la photocopie d'une lettre en date du 16 janvier 1928 :

> Monsieur le Maréchal,
>
> Quand vous m'avez fait en 1925 le grand honneur de me demander d'être votre collaborateur pour *Le Soldat*, vous avez bien voulu me dire qu'il s'agissait d'une collaboration personnelle, que le travail resterait entre nous deux et que vous sauriez reconnaître publiquement la part que j'aurais prise. C'est dans ces conditions que j'ai accepté de l'entreprendre. J'ai d'ailleurs dans votre très haut jugement une confiance trop absolue pour imaginer que vous teniez un tel ouvrage pour un travail d'« état-major ». Cette œuvre de philosophie, d'histoire et de style sort tout à fait des travaux de service [...].
>
> C'est pourquoi je vous demande, monsieur le Maréchal, avec une respectueuse insistance, de ne soumettre à aucune autre plume ce que je n'ai remis qu'à vous [...]. Si, par dévouement à votre égard et par désir de donner à certaines idées, dans l'intérêt général, toute l'autorité de votre nom, je consens de grand cœur à vous voir signer seul l'ouvrage, je ne puis renoncer à ce que j'y ai mis de moi-même. D'ailleurs, y renoncerais-je que l'avenir se chargerait fatalement de remettre les choses en place.
>
> Ce tour de la pensée et du style qui se trouve dans *Le Soldat*, certains le connaissent déjà. Par la force des choses, d'autres le découvriront plus tard. D'autre part, si le monde entier sait ce que vaut dans l'action et dans la réflexion le Maréchal Pétain, mille renseignés connaissent sa répugnance à écrire. Pour

> répondre d'avance aux questions, pour fermer la bouche aux malveillants, surtout pour être juste, il est nécessaire, monsieur le Maréchal, que vous fassiez hautement, dans une préface ou un avant-propos, l'aveu de votre collaborateur. Habile générosité qui assurera dans l'ordre littéraire, comme dans les autres, l'intégrité de votre gloire…

– Compte sur tes doigts, Gabriel, trente-huit, il n'avait que trente-huit ans. Bien moins que toi aujourd'hui… D'accord, porte-plume est le plus beau des métiers, mais à condition d'en sortir vite. Tiens, Dieu sait si c'est mauvais pour la santé, et pourtant, vois-tu, à certains moments, je souhaiterais presque que tu fumes autant qu'il fumait : peut-être après tout puisait-il son courage dans la fumée.

J'ai hoché la tête, je l'ai regardée en souriant, j'ai laissé dire. Que peut répondre un fils, même méritant, à une mère qui met la barre si haut ? Franchement… le Général de Gaulle… que pouvais-je répondre ?

D'ailleurs, du point de vue professionnel, ce n'était pas le Général mon modèle. Le génie des porte-plume, le pur artiste est né le 2 août 1892, au Vésinet, dans une famille liée à Proust. Un ami de son père, André Berthelot, avait créé le Métropolitain et son oncle Alfred avait lancé un journal, *Le Mémorial diplomatique*. Il avait une cousine, Lisette, juive comme lui, que les Allemands devaient exempter des lois raciales. Ils l'avaient nommée « Aryenne d'honneur ». Il faut dire qu'elle avait épousé Fernand de Brinon, un homme à l'incongru métier : ambassadeur de France à Paris, représentant Vichy auprès de l'occupant.

Voilà. Et bien d'autres étrangetés encore dont l'écrivain Patrick Modiano, qui l'a bien connu, me régale. Depuis le temps que je connais son existence (depuis le temps qu'est née ma jalousie), je fouille dans le bric-à-brac de sa vie. Je voudrais trouver le secret de son génie. Peut-être son mariage avec la chanteuse Mireille ?

17 juin 1940. Pétain annonce qu'il faut cesser le combat. L'entourage du vieux Maréchal se tord le nez : le discours n'a pas été fameux. Le téléphone sonne à Saint-Céré où s'était réfugié mon héros.

– Vous ne voudriez pas venir à Vichy, écrire nos allocutions ?

Notre homme acquiesce, se rend dans la ville d'eaux, rédige les deux messages à la nation française des 23 et 25 juin. « La terre, elle, ne ment pas », c'est de lui. Insolite, non, pour un juif? Et aussi : « Je hais ces mensonges qui nous ont fait tant de mal. »

Et puis, il se lasse ou se dégoûte. Dès le 15 juillet, le nègre juif du Maréchal avait tiré sa révérence.

Son nom : Emmanuel Berl. Je le dévoile avec réticence. L'article premier de notre déontologie, c'est l'anonymat. Trop de gens, déjà, sont dans la confidence.

Quoi qu'il en soit, Philippe Pétain, en dépit de son sinistre parcours vichyssois, jouit dans notre profession d'un vrai prestige. L'armée de ses porte-plume a fière allure, menée par Charles de Gaulle, fantassins (par ordre alphabétique) Audet, Bouvard, Buot de Lépine, Conguet, Montjean, Loustanau-Lacan. Sans compter notre ami Berl…

Un homme de quatre-vingts ans qui, sentant la guerre venir, juge urgent de prendre des leçons de diction à la Comédie-Française auprès d'une Mlle Barthet ; un homme qui, le 17 juin 1941, fait repasser sur les ondes son discours du 17 juin 1940 pour montrer comment, en une année, sa parole s'est affermie « car la France se relève », un tel homme mérite l'estime, technique, n'extrapolons pas, seulement l'estime technique de tous les porte-plume soucieux de travail bien fait.

Marguerite avait attendu patiemment la fin de ma rêverie. Elle tendit le doigt vers mon petit standard dont les touches clignotaient.

– Tu ne crois pas que tu devrais répondre ? Non ? Bon. Écoute, Gabriel, tu as assez donné. Maintenant, réclame. Demande-Lui un vrai poste. Et n'attends pas. On dit que c'est bientôt fini, qu'Il va partir...

Lui, partir ? Mon cœur se serra.

– Tu le sais bien ! Les sondages se dégradent. Ne fais pas l'innocent et promets-moi.

Je promis.

– Promets-moi aussi de rendre visite à Lucienne. Elle t'aidera à voir clair en toi. Tu sais qu'on se bat maintenant pour la rencontrer ?

En mon for intérieur, je haussai les épaules. Et, tout sourire, promis.

Et elle repartit, avec son cartable vide. Elle avait laissé sur mon bureau la lettre de De Gaulle. Je ne me faisais pas d'inquiétude pour le cartable. Très vite, elle l'aurait de nouveau rempli, avec un nouveau dossier tout aussi accablant pour moi que le précédent, peut-être plus.

Je la comprenais, Marguerite : en grande pompe, elle m'avait donné ce qu'elle avait de mieux, la vie, et, cette vie, je l'avais laissée de côté, je n'y touchais pas, je la regardais de loin comme si elle était contagieuse, je n'habitais que la vie des autres… Oui, elle pouvait se sentir blessée, c'était ma faute, j'aurais pu faire un peu semblant, prendre sur moi pour vivre ma vie, au moins quelques instants, quand elle venait me voir… Les gens n'aiment pas qu'on dédaigne leurs cadeaux…

Pour Marguerite, les uniformes ont entrouvert la grande grille. Elle est sortie, toute droite, obstinée dans sa volonté de changement, comme aucun révolutionnaire ne l'a été ni ne le sera jamais. Minuscule. Couleurs vives. Comme chaque fois, les uniformes ont salué.

Des nuques, des nuques innombrables, une forêt de nuques devant moi : voilà mon paysage. A certains moments, je me dis que j'aurai vécu sans connaître les visages de mes contemporains.

Dès qu'Il se met en mouvement, où qu'Il aille, une foule se presse derrière Lui. Moi aussi, au début, j'ai voulu gagner le premier rang, je me suis mêlé à la guerre. Car, chaque fois, il s'agit bien d'une guerre, une guerre véritable, à Sa suite, pour être à Ses côtés, une guerre impitoyable d'autant plus que camouflée, silencieuse. On joue des coudes, des pieds, on tacle comme au football, on béquille, on écrase, je me suis fait pincer et même griffer au sang, les entourages ont des violences d'amoureuses. Alors je demeure en retrait et, sans enthousiasme, j'accrois peu à peu mon savoir.

Flore peu ragoûtante que les nuques, longues et sèches ou courtes et massives, graisseuses, glabres militaires ou foisonnantes bouclées, souvent grêlées d'anciennes furonculoses, elles sortent des cols de costumes comme des espèces assez maladives, genre endive ou jacinthe en début de croissance, avant de s'élargir jusqu'aux oreilles, de s'épanouir en calvities luisantes ou en képis d'un autre âge.

Voilà, par la force des choses, je me repais de nuques, à vomir, les nuques d'hommes sont si laides. J'aimerais tant un président femme et tout un gouvernement de femmes. Je ne me fais pas d'illusion. La cruauté, les rixes ne seraient pas moindres. Mais leurs nuques sont si nobles, fragiles, offertes par le chignon, demi-cachées par la natte ou devinées sous la barrière des cheveux.

Mon moment préféré, c'est l'apparition d'une caméra de télévision, au loin, devant Lui, devant nous. D'un coup, une bourrasque secoue les nuques. Elles se ploient, se penchent, elles hésitent, elles cherchent le bon angle, d'instinct elles se décalent. Le projecteur s'allume, et je vois là-bas la nuque du vainqueur de la guerre des nuques, la nuque voisine de la Sienne, j'imagine l'air de rien du conseiller qui va passer au journal télévisé à Ses côtés, je prévois sa joie, le lendemain, les commerçants : je vous ai vu près de Lui, à propos ma nièce voudrait faire infirmière dans l'armée, vous ne pourriez pas…

Les quartiers, les vrais quartiers ont des bras, comme une famille, des odeurs, des gaietés, des lumières, des chaleurs, exactement comme une famille. Croyez-moi : je ne suis pas à plaindre. Je sais parfaitement tuer le temps célibataire, celui qui s'écoule entre la fin du travail et le moment où le doigt presse l'olive blanche et la lampe s'éteint. Tandis que mes collègues lisent *Cendrillon* à leur petite fille, corrigent les conjugaisons du garçon, résistent au flot de questions (l'un d'eux a institué un quota : chaque enfant a droit chaque soir à trois pourquoi), sourient à leur femme qui n'a pas l'air dans son assiette, s'effondrent dans le grand fauteuil du salon, feuillettent *Le Monde*, crient dormez les enfants il est tard, bâillent, brosse à dents, pyjama, lit, jambe contre sa jambe à elle, ça ne t'ennuie pas si je dors tout de suite, oui, tout ce temps, je le donne au quadrilatère avenue Franklin-Roosevelt, rue du Faubourg-Saint-Honoré, rue Boissy-d'Anglas, rive nord de la Seine. La géographie me sert de famille. Fragile domaine coupé de trop grandes et trop fameuses artères, infesté par les touristes.

Les amateurs de timbres ont envahi la sorte de jardin qui s'étend du théâtre Marigny au rond-point des Champs-Élysées. Toute la journée, assis sur un banc au milieu des mères de famille, ou bien debout par petits groupes, ils discutent, sortent gravement de leurs cartables des carnets, des classeurs, ils se penchent, ils ont des loupes, des pinces à épiler, ils fument des gitanes maïs, ils comparent, parfois le ton monte. Ils ne rient jamais. Quelle drôle d'image d'adultes ils doivent donner aux gamins qui jouent et crient autour d'eux !

La venue de l'obscurité ne les gêne en rien. Ils allument des lampes de poche et continuent leur commerce.

J'ai mis longtemps à voir son visage. J'avais remarqué la Citroën garée presque chaque soir au même endroit, dans la contre-allée de l'avenue Gabriel, juste devant le restaurant. Je me disais : encore un philatéliste. Et je ne m'approchais pas. J'aime bien laisser les gens vivre, surtout la nuit.

– Tu ne crois pas que maintenant il est l'heure ?

C'était une voix de femme, douce, tendre, sans aucune impatience, la voix d'une femme qui prend soin d'un homme, la voix d'une femme qui sait que certaines maladies d'hommes durent toute la vie parce qu'elles viennent de l'enfance.

Je me suis retourné, saisi, saisi par le besoin violent, irrépressible de voir le visage de cette femme magnifique. Je fais collection d'êtres humains, vraiment humains. C'est ma seule collection. Alors j'ai marché vers la Citroën.

– Tu ne crois pas que maintenant…

La femme qui parlait n'était pas visible, cachée par un reflet de réverbère sur le pare-brise. On voyait seulement ses mains qui épluchaient une mandarine. Mais j'ai reconnu son compagnon. Le temps d'une campagne pour la Présidence, il avait eu son heure de gloire. Sur les affiches qui avaient couvert bien des murs de France, il souriait avec une vraie gaieté, un entrain communicatif, et beaucoup de passants lui rendaient son sourire.

Et puis il avait été battu. L'époque s'était éloignée de lui en deux, trois coups de rame, et ce charisme de vieux jeune homme était demeuré seul sur le bord, inutile. Et c'était ce vieux jeune homme qui regardait si fort dans la nuit le palais de l'Élysée tandis qu'à ses côtés une femme qui l'aimait épluchait sans fin pour lui des mandarines.

Un peu plus loin vers l'est, au beau milieu d'une pelouse interdite, se tient Georges Pompidou. On ne le voit que les nuits de lune, autrement son costume se fond dans le noir et l'on peut passer et repasser sans remarquer la présence de l'ancien Président. Il veille à jamais sur les allées où Marcel Proust jouait enfant. De l'autre côté de la grande avenue, un Clemenceau vert-de-gris, bandes molletières, canne au bras, écharpe au vent, marche d'un air décidé vers la victoire.

Ce sont les seuls habitants permanents du quadrilatère.

Il y a cent cinquante ans, ces jardins n'étaient pas tristes comme aujourd'hui. Les théâtres y pullulaient. Le Concert Musard : aux beaux jours, on y jouait en plein air. Mme Musard, dame dit-on piquante, avait la faveur de Napoléon III. L'Alcazar d'été où Thereza puis Paulus menèrent la revue. La Rotonde, domaine du colonel Langlois : il y présentait des dioramas de batailles, Waterloo, le siège de Sébastopol, grandeur nature ou presque. L'établissement Besselièvre, spécialisé en montagnes russes nautiques. Le Cirque de l'impératrice qui vit débuter Caroline Otero et Émilienne d'Alençon. Les Folies-Marigny, Les Ambassadeurs, Le Petit Paillard, L'Horloge, Le Café de la surprise, la liste serait trop longue, les guignols éphémères, des marionnettes devant chaque bosquet, les voitures à chèvre, les jeux de paume ou de glace…

Le manège Petit offrait sa piste de cent mètres (virages relevés) aux apprentis cyclistes. Quand ils ont su assez bien rouler, les plaisirs s'en sont allés ailleurs.

Les fantômes habitent aussi de l'autre côté de la Seine.

Aux auteurs, Mark Twain conseille fermement d'attendre, entre deux romans, « que la citerne se remplisse ». Mais comment se remplir quand vous livrez chaque après-midi quinze pages et que, le matin suivant, vous arrive la commande de quinze autres ?

Lorsque Gabriel se sentait vide, il marchait. Des heures. La marche ne remplit pas les citernes mais elle vous titille le dictionnaire. Rien de tel qu'une longue flânerie dans la nuit pour réveiller les métaphores, pour dérouiller les transitions. A certains moments, je me demande si le siège de la parole écrite ne se tient pas dans le talon.

Ce soir-là, une fois n'est pas coutume, mes pas m'avaient entraîné hors de mon champ clos, le fameux quadrilatère. Je traversai le fleuve sans bien m'en rendre compte et abordai rive gauche, un autre monde. Un temple grec me regardait : l'Assemblée nationale, balayée lentement par la lumière blanche d'un bateau-mouche. Saisi par je ne sais quelle impulsion, je m'approchai de la grille, à droite de l'escalier monumental, et sonnai. Longtemps. Le bateau-mouche était passé et le temple grec retourné à l'obscurité. Enfin une silhouette apparut dans la petite cour.

– Circulez, la Chambre est fermée, la session ne reprendra qu'en avril.

Une voix sourde, aux syllabes martelées.

Et la silhouette s'éloignait déjà quand j'ai crié le mot clé : Présidence ! La silhouette se figea. Garde-à-vous. Demi-tour droite.

– Je n'aime pas ce genre de plaisanterie.

Peu à peu, un visage surgit du noir. Des traits taillés, des angles aigus, des cheveux gris courts, de grands yeux clairs : l'ancien militaire. Sur le revers de sa veste brillaient deux lettres d'or, A. N. Il tenait un livre à la main, un énorme recueil que je reconnaissais : Tolkien, les six tomes du *Seigneur des anneaux*. Il fallait au moins ça pour tuer toutes les nuits jusqu'à la session prochaine…

Sans mot dire, j'ai tendu ma carte tricolore à travers la grille.

– Très bien, la Présidence, et alors ?

– Je voudrais visiter.

– A cette heure ? Mais qu'est-ce qu'ils croient à la Présidence ?

L'ancien militaire ne bougeait pas. Ni moi. Il lisait et relisait les quelques lignes qui avaient rendu Marguerite si fière :

« NOM : Orsenna. PRÉNOM : Gabriel. QUALITÉ : Chargé de mission au Secrétariat général. Il est prescrit à toutes autorités civiles et militaires d'assurer la circulation de M. Gabriel O. pour les besoins du service et dans l'exercice de ses fonctions. »

Je me disais que cette lecture pourrait durer une éternité, que l'aube nous surprendrait tous les deux toujours face à face.

Un nouveau bateau passa. D'un coup, ce fut le plein jour. Cette lumière brutale le décida. Il sortit des clefs. Je me faufilai par la grille entrebâillée.

– Il faudra bien qu'un jour tout le monde respecte les règlements. Même la Présidence. J'imagine que c'est pour la salle des séances ?

Les couloirs avaient cette transparence tremblée que donne la lumière des veilleuses. Une claudication prononcée faisait rouler mon guide. Je remarquai les charentaises bordeaux qui sortaient du pantalon réglementaire. Il avait surpris mon regard.

– Ici, c'est du carrelage. Mais nous avons aussi du parquet. Je n'aime pas grincer des pieds. Vous savez que vous n'êtes pas le premier...

– Pas le premier de la Présidence ?

– Exactement. Vous êtes tous pareils. Au début, il n'y en a que pour elle. La Présidence par-ci, la Présidence par-là. Et puis un jour, on se sent un peu seuls rive droite, pas vrai ? On se rappelle cette bonne vieille Chambre...

Son humeur se réchauffait. Au fond, ma visite était une aubaine. Après des mois de Tolkien, tous ces gnomes, ces magiciens, on est heureux de retrouver un être humain.

– J'en ai connu, de vos collègues. Si je vous disais. Tiens, Régis Debray. Vous lui demanderez : pourquoi il a l'air si furieux, pourquoi il se ronge comme ça la moustache ? Moi, je n'ai pas osé.

C'est vrai, Régis Debray m'avait précédé au palais. Lui aussi avait été fantôme. Et l'on cite encore dans la profession son chef-d'œuvre (catégorie romantisme) :

> Aux fils de la Révolution mexicaine, j'apporte le salut fraternel des fils de la Révolution française...
>
> Jadis, alors que les défenseurs de Puebla étaient assiégés par les troupes de Napoléon III, un petit journal mexicain, imprimé sur deux colonnes, l'une en français, l'autre en espagnol, s'adressant à nos soldats, écrivait : « Qui êtes-vous ? Les soldats d'un tyran. La meilleure France est avec nous. Vous avez Napoléon, nous avons Victor Hugo. » Aujourd'hui la France de Victor Hugo répond à l'appel du Mexique de Benito Juarez et elle vous dit : « Oui, Français et Mexicains sont et seront au coude à coude pour défendre le droit des peuples. »

– … Et Paul Guimard, un géant charmant et sagace. J'avais vu le film tiré de son livre *Les Choses de la vie*. On a parlé de Romy Schneider. Déjà pour le cigare qu'il fumait, c'était limite. Mais pour la blonde qui l'accompagnait, j'ai dit non. Qu'est-ce que vous en pensez ? Il ne faut pas confondre sexe et République.

Pauvre ancien militaire, la garde de nuit n'était pas sa vocation. Malgré ses traits rugueux, c'était une nature ouverte, prolixe…

– Voilà. Vous soulevez le petit rideau. Je vous laisse seul, ça vaut mieux pour l'émotion. Si le cœur vous en dit, vous trouverez sur le bureau des commissaires, à gauche en entrant, un recueil des grands débats. Je le laisse toujours là, d'une session à l'autre. Il ne faut pas laisser la Chambre sans paroles. Bonne séance.

Les cinq cents fauteuils vides rouges me regardaient. Je me suis caché tant bien que mal au pied de la tribune, devant le petit pupitre des sténotypistes. J'ai ouvert le recueil. J'ai commencé par le début, les institutions, la séance du 4 juin 1888 :

> Vous avez raillé ce Parlement ! Il est étrange, pour vous, que ces hommes se permettent de discuter les plus hautes idées qui ont cours dans l'humanité et ne résolvent pas d'un seul coup tous ces problèmes politiques et sociaux qui sont posés devant les hommes. *(« Très bien ! très bien ! », à gauche.)*
> Comment ! Les plus grands esprits, tous ceux qui chez tous les peuples honorent l'humanité, ont

médité sur ces choses; ils sont divisés parce que la recherche est longue, parce que la vérité se dérobe, et voici que, par un phénomène qui vous surprend, ces cinq cents hommes qui sont ici, en vertu d'un mandat égal au vôtre, ne s'accordent pas sans discussion. Eh bien, puisqu'il faut vous le dire, ces discussions qui vous étonnent, c'est notre honneur à tous. Elles prouvent surtout notre ardeur à défendre les idées que nous croyons justes et fécondes. Ces discussions ont leurs inconvénients, le silence en a davantage. *(Vifs applaudissements à gauche et au centre.)*
Oui! gloire aux pays où l'on parle, honte aux pays où l'on se tait. Si c'est le régime de discussion que vous croyez flétrir sous le nom de parlementarisme, sachez-le, c'est le régime représentatif lui-même, c'est la République sur qui vous osez porter la main. *(Nouveaux applaudissements à gauche.)*

Quand j'ai quitté la Chambre, le ciel vers l'est, au-dessus des Tuileries, commençait à blanchir. L'ancien militaire m'a raccompagné jusqu'à la grille. Il avait remis ses chaussures réglementaires.

– Qu'est-ce que vous pensez de Tolkien, franchement, vous qui êtes dans l'écriture?

Je lui ai répondu avec un peu de grandiloquence, mais sans doute était-ce la contagion de l'aube, que notre époque aurait grandement besoin de chevalerie. Et que le Spirituel, l'Inexpliqué revenaient à grands pas. Il était ravi.

– Vous êtes un respectueux, ça se sent. Revenez quand vous voulez.

Je ne m'en suis pas privé.

Avant d'écrire mes textes les plus délicats, sur la querelle entre enseignements laïc et catholique, sur la construction de l'Europe, sur la programmation militaire... je traversais la Seine pour une rasade de passé. La Chambre avait répondu à tout, ou presque. Depuis 1875, elle avait débattu de toutes les questions qui peuvent se poser à un pays comme la France : puissance moyenne nostalgique de sa grandeur enfuie.

A mon retour au palais après mes promenades nocturnes, la télévision a cessé d'émettre depuis longtemps, mais le garde est toujours là, dans la loge d'honneur, il scrute la neige tremblotante qui a envahi l'écran. Je m'approche et nous restons là, côte à côte, sans rien dire, lui assis, moi debout, à regarder la neige. Il doit aimer mon silence, comme s'il était enfant et que j'étais venu le border. Parfois, il me semble distinguer des visages au milieu de la neige, mais le temps de lever le bras, de tendre le doigt, le temps de m'exclamer, là regardez, Willy Brandt, Mao Tsé-toung, John Fitzgerald Kennedy, ils ont disparu, de nouveau avalés par la neige. Je me dis que la neige est la mémoire de la télévision. Ceux qui ont occupé l'écran si souvent, si souvent, reviennent comme ça, la nuit, il suffit d'être attentif.

Je m'en vais sans faire de bruit. Le gendarme a la manie de l'huile. Il ne quitte pas sa pipette durant les rondes. Résultat : aucune porte ne grince au château.

Qu'il est doux le destin des nègres, comparé à celui des écrivains !

Mon collègue du 2 rue de l'Élysée me faisait pitié.

Un jour, conseiller culturel assailli par les requêtes, écrasé sous les projets : musées en tout genre (à croire que chaque Français voulait son musée, surtout les veuves de peintres peu cotés), scénarii impeccables idéologiquement mais hors de prix, nostalgiques d'une « télévision de création », bretonnants farouches, francophones maniaques... Pauvre conseiller, à lui tout seul cour d'appel du ministre de la Culture.

Et ses nuits ne valaient guère mieux. Il s'était décrété romancier et depuis des années avançait pas à pas dans la jungle d'une histoire interminable (et botanico-incestueuse, d'après ce que j'en savais), seulement guidé au loin par la petite lumière de la gloire : un prix littéraire.

Oui, il me faisait pitié. Alors, quand approcha la saison des récompenses, Goncourt, Renaudot, je lui proposai de déjeuner.

– Avec le plus grand plaisir, Gabriel. Mais vous ne serez pas en retard, n'est-ce pas ?

Ce maudit lundi de novembre, j'arrivai à midi cinquante dans le mess encore vide où un ancien apprenait à deux jeunes la manière de plier les serviettes en éventail. Il était déjà là, pâle. Il se leva à demi, me montra la chaise face à lui.

– Merci, Gabriel, un jour je vous revaudrai cela.

Nous restions silencieux. On entendait par bouffées, au rythme des portes battantes, les bruits de la cuisine, friteuse et chahuts. Le maître d'hôtel s'approcha pour les apéritifs.

A midi cinquante-cinq, notre écrivain sortit de sa poche des bristols et un petit transistor dont il étira longuement l'antenne et qu'il déposa avec précaution entre nos Saint-Raphaël :

> « Pages de publicité.
> Voici le journal de la mi-journée :
> *Mesdames et messieurs, bonjour, nous filons au restaurant Drouant où, d'un instant à l'autre, on va décerner le prix Goncourt...* »

Je sais, je sais, j'aurais dû regarder ailleurs. Mais au moment des résultats (par six voix contre quatre au huitième tour du scrutin), le visage de mon collègue écrivain nocturne devint si pathétique, désemparé que je ne pus m'en détacher.

– Allons, allons, mon vieux, l'année prochaine, ce sera vous le lauréat.

– Ça m'étonnerait, avec tout ce que j'ai déchiré dimanche.

Il avait parlé très vite, presque crié. Tout le monde s'est retourné vers nous. Il sortit un stylo Mont Blanc de sa poche (était-ce celui qu'il utilisait la nuit, pour progresser dans sa jungle romanesque?) et, sur les bristols, commença son inhumaine besogne :

> Le grand prix qui vous est aujourd'hui décerné récompense, bien au-delà des modes, une œuvre d'imagination et de sensibilité, attentive à notre époque...

A le voir tant souffrir, raturer, soupirer, plusieurs fois je lui offris de rédiger à sa place ces félicitations qui lui crevaient le cœur. Il sourit très tristement.

– Impossible, Gabriel.

– Et pourquoi donc, impossible ?

L'ordre exprès vient de Lui : c'est au conseiller culturel, et à lui seul, d'écrire ces télégrammes.

Tel est notre chef de collège, sadique à ses heures. D'ailleurs, Il me paraît entretenir avec les écrivains de curieuses relations. Il leur propose des postes qu'ils s'empressent, frétillants et roucoulants, d'accepter. Un mois après, ils commencent à gémir : je ne peux plus écrire, le temps m'est dévoré... Gabriel ne serait pas surpris qu'au fond de Lui flotte comme un plaisir de stériliser ainsi quelques plumitifs, quelques alouettes hypnotisées par la cocarde des voitures officielles, dorlotées par la valetaille des ambassades.

Ils devraient pourtant savoir, les écrivains, qu'ils doivent se méfier des gouvernants. Prenez Descartes. C'était un homme libre, gros dormeur, baiseur et mangeur, joyeux vivant, incessant voyageur, doué de la plus solide des constitutions. Depuis longtemps, la reine Christine de Suède l'invitait. Il a fini par céder.

Arrivé à Stockholm en septembre 1649, il y est mort le 11 février 1650.

La Reine, fort instruite et très aimable au demeurant, le convoquait à 5 heures du matin pour l'entretenir de Philosophie ! Ce régime de cour ne lui a pas convenu.

– Eh bien dis donc, il s'agit d'amour...

Nous nous faisions face, de part et d'autre d'une table de bridge, et elle me tirait les cartes. Sans me regarder, toute concentrée qu'elle était sur son petit manège manuel.

Pour faire plaisir à ma mère, j'avais fini par rendre visite à Lucienne. A soixante-seize ans, mon amie d'âge avait trouvé sa voie. Et de la plus belle manière : en allant au bout de sa nature.

A la vérité, jusque-là toute son existence n'avait été que l'histoire d'une dissolution sereine. Qui aime, qui aime vraiment la chanson française fait corps avec l'air du temps et s'y fond. Les années avaient aussi joué leur rôle, coupant en elle, Saint-Sylvestre après Saint-Sylvestre, ses attaches avec le monde. L'un après l'autre, ses amis mouraient. Et des lieux qu'elle avait aimés disparaissaient, comme le fameux bar de la Marine, en bord de Seine, entre Bir Hakeim et Javel, là où l'on finissait les nuits commencées au Vel'd'Hiv. Mais ces ruptures n'avaient pas altéré sa bonne humeur. De plus en plus légère elle se sentait, gaie comme si elle habitait désormais un refrain de Francis Lemarque. Son seul lien avec la réalité (je me permets d'évoquer ce détail intime car le premier des droits de l'homme est une précision méticuleuse dans le récit d'une vie) était le membre d'Hampaté, un objet ferme à ce qu'on m'en a dit, bien proportionné mais normal, loin des gigantismes que la population blanche masculine du globe prête à sa rivale sombre.

Quand elle l'empoignait, pratique fréquente et toujours festive, elle se sentait arrêtée, ancrée, présente. Bref elle-même. Elle se sentait exister. Et si elle ne m'appelait plus, si elle ne répondait pas à mes messages (pourtant apportés par motard), je ne lui en voulais pas. Je devinais sa gêne : après tout c'est par moi, son ancien amant, qu'elle avait connu le nouveau... Hélas, le fameux membre, pivot de l'univers, se fit plus rare, obligé, sans doute à son grand regret et non sans avoir présenté ses excuses, de suivre son propriétaire, Hampaté, prisonnier de ses rêves de fortune et de son métier surmenant, le retour d'affection. Alors Lucienne recommença de se dissoudre. Elle devint nomade, nomade d'elle-même : personne.

Mon coup de téléphone arriva au bon moment. Quand on ne se sent plus personne, le suicide n'est même plus un acte. Une constatation.

Ce soir-là, premièrement, le cinéaste Claude Lelouch présentait au Rex la dernière promenade de sa caméra, d'une exhaustivité sans précédent, disait la rumeur, puisque, commencée à la jeunesse de Yahvé, elle s'achevait à la mort du peintre catalan Picasso. Deuxièmement, mère Teresa nous avait fait l'honneur d'une escale technique, la Fondation de France avait organisé en son honneur, à la va-vite et sans consulter le calendrier officiel, un cocktail-débat-collecte, rendez-vous obligé de l'univers humanitaire. Troisièmement, de grève en report, malédiction ultime, *La Flûte enchantée* « du siècle » ferait entendre ses accents.

D'où désarroi, ongles rongés et palpitations du Protocole qui d'appels d'annulation en télégrammes confus voyait se dépeupler son grand dîner en l'honneur de Jean-Baptiste Ouedraogo, chef du pays des hommes intègres, le Burkina Faso.

Décision fut alors prise, en désespoir de cause et vers 18 heures, de prier fermement les conseillers, même les plus subalternes, d'inviter leurs familles ou leurs amis pour faire foule. Avec obligation d'arriver dès 19 h 30, le conseiller diplomatique adjoint leur ferait un petit briefing sur ce pays méconnu, capitale Ouagadougou, vaste plateau cristallin souvent cuirassé de latérite, animiste à 60 %, etc.

Et voilà pourquoi Lucienne, gestes retenus, coudes collés au corps, rose aux joues d'émotion, enfantine dans son fourreau noir à poignets mousquetaires, avalait à mes côtés, éblouie par les verrières du salon d'hiver, le vermeil des couverts et le dessin des sèvres, le traditionnel bar grillé sauce hollandaise. Comme à l'accoutumée, j'avais collé ma jambe contre le chef-d'œuvre naturel qu'était la sienne. Je fus donc le premier à ressentir ses tremblements. Elle s'était arrêtée de manger. Bouche demi-ouverte et fourchette reposée, elle dévisageait, de plus en plus pâle, le chef des hommes intègres. Puis elle battit un peu des mains et se laissa glisser, par chance, de mon côté. Du mieux que je pus, avec toute la discrétion dont j'étais capable, et songeant, d'avance terrorisé, aux remarques sarcastiques dont ne manquerait pas de m'accabler l'implacable Protocole (bravo pour vos invitées, Gabriel...), je l'éventai avec le menu officiel et parvins à la rappeler à la vie.

– Merci, murmura-t-elle, il va perdre le pouvoir. Qu'il se méfie d'un Thomas.

Tout le monde s'était tu, à notre table ronde, plus les gens se sentent puissants plus ils redoutent les malaises. Si bien que ces chuchotis furent entendus. Par huit personnes, dont une directrice de FR3, un recteur de Paris et l'ambassadeur des Pays-Bas, les trois premiers clients de Lucienne et ses plus farouches zélateurs quand, plus tard, deux ans plus tard, Thomas Sankara renversa sans coup férir le Jean-Baptiste de ce soir-là.

A force de s'oublier elle-même, elle était devenue voyante.

Elle avait installé son officine avenue de Breteuil, vers le bas, côté Invalides, Esplanade du souvenir français : tout un programme. Une soubrette grand genre m'ouvrit, jupe et blouse noires, cheveux tirés en arrière, et minuscule tache blanche sous le nombril qui faisait plus penser à un cache-sexe qu'à un tablier. Si vous voulez vous asseoir un instant, Madame ne va pas tarder. Potiches, tapis épais, marines au mur, grâce à la voyance, Lucienne finissait sa vie dans l'aisance, le douillet vaste et un peu glacé, elle que j'avais connue engoncée dans un entresol rue Caulaincourt, empestée par les remugles montés du restaurant voisin : dès 10 heures, on devinait au nez quel serait le plat du jour.

La nouvelle Madame parut.

– Mais Lucienne, tes jambes ?

Elle portait l'un de ces horribles pantalons qu'affectionnent les femmes d'âge dynamiques, brillants façon soie, flottants du bas et trop serrés sur le ventre.

Elle sourit.

– Allez viens, l'obsédé. Dans mon métier, il ne faut pas susciter le désir. Autrement tout se brouille. Je n'ai pas beaucoup de temps, tu sais.

– Je devine.

Son cabinet était sobre, d'un avocat, d'un notaire. Pas de boule de cristal, ni de machine à café pour le marc et, dans la bibliothèque, au lieu du Code civil, tout Prévert. Moi, bien sûr, à considérer ses cheveux blancs, de l'autre côté de la table de bridge, me revenaient des après-midi avec elle, des chambres d'hôtel, des tableaux vivants plutôt chauds.

– Je t'en prie, Gabriel, c'est déjà tellement difficile avec un ego comme le tien, si voyageur, insaisissable.

De toutes mes forces, je chassai cette lubricité le plus loin possible, loin de l'avenue de Breteuil et de son Esplanade.

– Voilà. Tu vois, quand tu veux... je commence à te saisir. C'est bien ce que je pensais, il s'agit d'amour.

– Quel genre d'amour ? C'est vaste, l'amour. Durable, éphémère, destructeur, conjugal ? Qu'est-ce qui m'attend ?

– Pour la qualité, je ne peux rien dire. Pour la quantité, c'est plus clair : ce sera un sentiment gigantesque. Et très public : je vois des titres de journaux, des émissions télévisées...

– Mais je ne suis pas de taille ! Quelle sera ma place dans un si grand amour ?

– Déterminante, Gabriel. Pas d'amour sans mots d'amour, tu le sais bien.

A bien y penser, la nouvelle ne m'étonnait pas. Depuis quelque temps, on s'intéressait à Gabriel. Le Protestant me prenait de plus en plus par le bras : tu sais, Il apprécie ton travail, c'est bien, continue. Cette chaleur, ce contact physique, rares dans sa religion, m'émouvaient. Un jour qu'ensemble nous traversions la cour, une troupe étrange nous croisa, cheveux longs, vestes velours, races diverses. Le style bohème, Beaux-Arts, d'ailleurs ils portaient palettes et chevalets. Ils t'intriguent, hein ? m'a glissé le Protestant. Bientôt, tu sauras. Et Jocelyne, ma secrétaire auburn, m'avait avoué qu'un des policiers du second, entre deux tentatives pour la coincer dans la salle des photocopieuses, lui avait demandé si Gabriel connaissait quelque chose à l'amour. Et qu'avez-vous répondu ? Elle ouvrit les lèvres : oh, je n'ai que des présomptions.

A force d'écrire sur tout, j'avais fini par rencontrer tout le monde. Je n'étais plus si naïf. Je commençais à repérer les coteries, les alliances ; à renifler l'odeur de quelques cadavres dans les placards ; à connaître l'existence de quelques entités secrètes, le groupe interarmées antiterroriste ou la cellule sur le sentiment national, pour ne donner que deux exemples. Je sentais bien que se préparaient des choses.

Lucienne s'était levée. La consultation s'achevait.

– Voilà, en un mot, tu vas entrer dans la vie affective. Et par la grande porte. Tu peux rassurer ta mère. Maintenant, pardonne-moi. Mais d'autres clients m'attendent, des politiques. Face au futur, ce sont de petits enfants.

Dehors, sur l'Esplanade, attendaient deux Renault jumelles, macaron tricolore et vitres opaques. Leurs chauffeurs prenaient une bière à la terrasse du café voisin Vauban. A je ne sais quoi dans leur maintien, je reconnais toujours les chauffeurs. Privés de leurs voitures, ils sont comme les pagures sans coquille, empruntés, presque nus.

Le serveur m'a fait un signe. Il s'appelait Jean-Claude. Dans le temps, je fréquentais beaucoup ce café. La clientèle de touristes venus visiter les Invalides me donnait l'impression de me trouver au loin, très loin de mon pays. J'écoutais longtemps leurs langues étrangères. Cette sensation de voyage m'aidait pour mes autobiographies. Je me coulais plus facilement dans la peau du personnage.

Gabriel creusa profond dans sa mémoire : à sa connaissance, aucun pays membre de l'ONU, même le plus triste, n'avait choisi *Les Oignons*, le standard de Sidney Bechet, pour hymne national. Cette intrusion brutale de La Nouvelle-Orléans dans le ciel gris d'un décembre parisien méritait une récréation. Gabriel quitta sa table de torture et s'en alla entrebâiller ses rideaux.

Les graviers de la cour avaient disparu sous une mer de ballons multicolores. Des guirlandes argentées descendaient des toits. Deux sapins illuminés encadraient le perron d'honneur où un comité mixte, clowns Auguste et huissiers à chaînes, accueillait les familles, retirait aux enfants cache-nez et cagoules, se noyait sous les manteaux. De l'orchestre, installé sous la voûte d'honneur, n'apparaissaient que le pavillon du tuba et, par intervalles, au rythme de la musique, la tuyauterie jaune des trombones.

Et l'archiviste se tenait là, sous ma fenêtre, deux tiers d'archiviste, on ne voyait pas ses jambes, avalées par la mer multicolore. Une créature blonde sans dents lui arrachait la main droite, un mouflet châtain, la mine farouche, lui embrassait la gauche. Les deux aînés, eux aussi fille et garçon, comme l'agrandissement des précédents, s'impatientaient.

– Maman, qu'est-ce que tu fais ?

– Maman, tu te décides ? C'est pour aujourd'hui ?

L'archiviste ne bougeait pas. Elle n'avait pas levé la tête, ne regardait pas Gabriel. Raidie dans le froid, le bout du nez rouge.

Un garde au loin s'agita, drôle de garde émergeant des ballons :

– Madame, le spectacle commence.

– Tu vois, maman, allez...

Elle a fini par se décider. Je l'ai suivie des yeux jusqu'aux marches, deux tiers d'archiviste avançant dans la mer multicolore, protégée par son petit quatuor.

Tout autobiographe qu'il était, Gabriel ne connaissait rien aux mères de famille : on parle peu d'elles dans les récits d'ambition ou alors vieilles, méritantes, déformées par les sacrifices...

Il comprit plus tard, seulement bien plus tard, dans la nuit, juste avant de s'endormir, et cette évidence le porta dans le sommeil comme un alizé parfumé, il comprit que l'archiviste avait choisi cette occasion, l'arbre de Noël, pour lui présenter ses enfants.

Et voilà, après tous ces discours de vœux (au gouvernement, au Parlement, à la presse, aux forces vives...), ces *onze* discours qui L'ont enroué et m'ont épuisé, nous sommes entre nous, enfin seuls, Sa maison, peut-être quatre cents personnes, le grand collège au complet, disposé par le Protocole :

VŒUX DE LA MAISON
Salle des fêtes – 18 heures

	GARDE RÉPUBLICAINE		
SERVICE DESSIN-IMPRESSION			CONSEIL SUPÉRIEUR DE LA MAGISTRATURE
SERVICE AUTO			
CUISINIER PERSONNEL PRIVÉ, CUISINIERS			
SERVICE MÉDICAL			
SERVICE INTÉRIEUR			
SÉCURITÉ			
P & T			SERVICE FINANCIER
ARCHIVES			
MESS-RESTAURANT			SERVICE DU COURRIER
MOBILIER NATIONAL			
DIRECTION DU PATRIMOINE			
MANUFACTURE NATIONALE DE SÈVRES			SECRÉTARIAT DE MADAME
IMPRIMERIE NATIONALE			
MINISTÈRE DES FINANCES			SERVICE DE PRESSE
CHASSES PRÉSIDENTIELLES			ÉTAT-MAJOR PARTICULIER
PARCS ET JARDINS DE PARIS			
VOYAGES OFFICIELS			PROTOCOLE
CRS I			CABINET
COMMISSARIAT DU VIIIe		**M. LE SECRÉTAIRE GÉNÉRAL**	SECRÉTARIAT GÉNÉRAL
GSPR			
GÉNIE DE VERSAILLES	**M. LE PRÉSIDENT DE LA RÉPUBLIQUE**	**MADAME**	SECRÉTARIAT PARTICULIER DE M. LE PRÉSIDENT DE LA RÉPUBLIQUE
SAPEURS-POMPIERS			
ÉQUIPAGES PRÉSIDENTIELS			
entrée			

Pour l'instant, Manosque, le Secrétaire général, meilleur élève des quatre cents, parle. Lui, Il se tient immobile. Raide, sauf les bras qui paraissent tout mous le long du corps. Sa femme est à Ses côtés. Elle nous sourit, à l'un puis à l'autre, quatre cents sourires.

Plus tard, Il répondra. La voix cassée par les onze causeries précédentes, Il laissera pour nous seuls traîner ses S, butera comme Il aime sur les dentales, flânera dans les diphtongues, et nous Le suivrons, enfantins, éblouis par Sa promenade, Son inimitable promenade dans la langue française.

A certains moments, quand je ferme les yeux, je revois la cour d'honneur. Recouverte de macadam au lieu des graviers blancs et plantée de platanes. Le Président est debout, un sifflet à la bouche, en blouse grise, sur le perron. Il surveille nos jeux de ballon. L'hiver, Il s'enroulera autour du cou une écharpe rouge. Et le temps passera. Rien ne changera. Nous ne quitterons jamais ce collège. Il n'y a pas d'alternance, pas d'élections, dans la vie. Dès qu'elle a la folie d'abandonner ses murs, la jeunesse se dissout dans l'air…

Malgré nos responsabilités d'adultes, pourquoi si forte, parfois, cette impression de collège ? Peut-être à cause des couloirs, ces longs couloirs vides sur lesquels, tout aussi bien, pourraient donner des salles de classe. Et pourquoi ces doubles portes, bois d'abord puis cuir, sinon pour éviter la contagion des chahuts ? Pourquoi toutes ces cours, sinon pour des récréations, pourquoi une loge d'honneur, sinon pour accueillir les parents des pensionnaires, le dimanche ? Et nous sommes un trentaine de vieux adolescents, juste la taille d'une classe.

Les anges

Victorieux partout, aimé du ciel,
les États vivent heureux auprès de ce soleil.

MADAME DE SÉVIGNE
(à propos de Louis XIV)

Comme chaque dernier vendredi du mois, Gabriel déjeunait au mess avec Yves H., sous-préfet, responsable du courrier. Le Secrétaire général, lors des vœux de bonne année, les avait présentés l'un à l'autre :

– Comment ? La plume ne connaît pas la boîte aux lettres ? Ah ah ah…

Depuis, le sous-préfet livrait à Gabriel des informations précieuses sur l'atmosphère de son pays. C'était un fonctionnaire blond, d'une taille plutôt petite mais d'une grande élégance, option britannique : chemises à pointes de col boutonnées, cravates tricotées, costumes tweed trois-pièces et chaussures invariablement jaunes. Sans un mot, après la poignée de main mais avant l'arrivée des Martini blancs, il tendait un dossier rouge barré de la mention « confidentiel ».

Analyse du courrier
adressé le mois dernier
à monsieur le Président de la République

Première partie :	598 témoignages de soutien
Deuxième partie :	2 275 critiques et suggestions
Troisième partie :	19 139 requêtes

Gabriel ne voulait pas y croire. Yves H. hochait la tête, accablé.

– Et encore, j'ai noté cette année 17 % de baisse entre juillet et juin. Mais vous verrez, vous verrez, en septembre, ça repartira de plus belle. Rien de pire que l'automne pour le courrier !

– Allons, allons, regardez, tout n'est pas si noir, on nous aime.

Gabriel feuilletait les pages et, avec un sourire un peu forcé, promenait son doigt sur les bonnes nouvelles. Le lendemain de la fête nationale, deux cent deux témoignages de soutien avaient été adressés au Président de la République, et dix-neuf Français, sur des cartes postales venues de diverses villégiatures, le remerciaient chaleureusement d'avoir si bien reçu le pape Jean-Paul II.

Le plus étonnant était les faire-part, les annonces de naissances, mariages, décès. Une moyenne de cent trente par jour.

– Allons, Yves, il ne faut pas désespérer. Tant que les Français voudront Le mêler à leurs vies personnelles…

Et ils trinquaient, Martini contre Martini, à la vie personnelle des Français.

Ce vendredi-là, avant d'aborder l'épreuve du hors-d'œuvre (crudités desséchées plus petites fioles, vinaigrette à faire soi-même), Gabriel demanda à son vis-à-vis :

– Est-ce que vos synthèses sont déposées aux Archives ?

– Non, j'avoue. Je n'y ai pas pensé. Vous croyez que ça les intéresserait ?

– Mais bien sûr, bien sûr. Vous savez, les conservateurs modernes ont une conception très large de leur rôle. Ils veulent tout préserver, jusqu'au climat, jusqu'à l'air du temps…

– Vous avez raison. Pourquoi souriez-vous ?

Gabriel ne répondit pas. Sauf à risquer le ridicule ou la grandiloquence, on ne répond pas à quelqu'un : « Je sens en moi comme une pente douce. » Et pourtant, telle était l'exacte sensation. Le moindre détail de sa vie le prenait par la main et le ramenait à l'archiviste.

Mais le sous-préfet n'était pas d'humeur, ce jour-là, à parler de femmes. Une angoisse toute professionnelle l'étreignait. Les lettres lui arrivaient en rangs de plus en plus serrés. Le service avait beau engager des intérimaires, encore et toujours des intérimaires, demander et obtenir le secours de l'armée, ils ne pouvaient plus répondre dans les délais qu'Il avait ordonnés : au plus une semaine. Le retard grandissait, parallèlement à l'impolitesse présidentielle.

– Qu'est-ce que j'y peux ? Hein, qu'est-ce que j'y peux ? Bientôt, il faudra embaucher la moitié des Français pour traiter le courrier de l'autre moitié.

Il regardait Gabriel droit dans les yeux. Pour un peu, il lui aurait agrippé les mains au-dessus des Martini blancs.

Gabriel promettait une nouvelle fois de faire son possible. Il prenait son air solennel.

– Je sais, Yves, un discours adéquat peut beaucoup pour calmer la France. Mais vous savez bien. Les Français sont de braves gens. Quand le discours est bon, ils écrivent aussi pour féliciter. Et naturellement, Il tient à ce qu'on réponde à tout, même aux félicitations.

– Naturellement.

– Alors, c'est sans espoir.

La boîte aux lettres se forçait à sourire. Et nous levions nos verres.

– Au courrier !

– Au courrier perpétuel !

– Saumonette sauce blanche.

Serge, le jeune appelé qui faisait office de maître d'hôtel, avait l'habitude de nous murmurer à l'oreille le plat du jour. Nulle part ailleurs qu'au palais je n'ai mangé de ce poisson infect, saumonette pour ne pas dire roussette, petit requin des eaux tempérées.

Son temps fait, Serge est reparti vers son destin. Tout le monde l'a regretté : il avait des manières incongrues pour un responsable de mess. Cajoleur, enjôleur, protecteur, un chanteur d'orchestre pour thé dansant.

Il ne manquait plus que le dessert. Et, après lui, le café. Et, encore après, la vie reprendrait son cours, son cours de mots, les mots des discours et ceux des réponses aux innombrables lettres.

Le Sociando Mallet 75 avait fait passer le carré de plâtre marron baptisé pont-l'évêque. La cantine de la Présidence, dans ces années-là, forçait à de vraies gymnastiques du goût, un écartèlement des papilles entre le vin toujours superbe et la nourriture infâme. Plus tard, me dit-on, ce fut l'inverse : le cuistot meilleur mais la cave asséchée.

Le chef du courrier parlait de Paris, c'était un homme qui, chaque week-end, pour reprendre ses assises, explorait sa capitale.

– Croyez-moi, Gabriel, il n'y a pas que le VIIIe au monde. Lancez-vous, je ne sais pas, moi, tentez le XVIIe, partie sud pour commencer, Malesherbes, Miromesnil…

– Je vous le promets, Yves, l'année prochaine, je me lance.

Le gâteau est arrivé, porté par Serge lui-même, signe d'une grande occasion.

– Je crois que c'est pour vous, m'a dit mon ami du courrier.

Une charlotte géante, coulis jaune clair, à première vue de la poire.

C'est à ce moment-là qu'ils ont surgi. Tous, tout le collège. Le gentilhomme de manche, le Protestant, le porte-parole amoureux de sa femme, le mécano d'industrie, celui qui rêvait aux prix littéraires, l'un-jour-mon-vieux-j'entrerai-dans-le-privé, le diplomate à nœud papillon et grands gestes de bras traducteur de Junger, l'élue du port de mer, le pêcheur de truites en altitude...

Qui a lancé le premier les applaudissements ?

En tout cas, Serge restait immobile. Il me souriait doucement et tenait la pâtisserie au-dessus de moi. Je me suis levé.

Alors seulement, j'ai remarqué l'étiquette rose collée sur les boudoirs. L'écriture tremblait. Les gens riaient autour de moi, on répétait mon prénom, Gabriel, c'est pour toi, Gabriel. Un léger vertige m'avait envahi. C'est si périlleux de susciter l'attention. Je suis de ceux qui préfèrent avaler la fève le jour des Rois. J'entendais au loin sauter les bouchons de champagne, pétiller l'air. J'ai pris sur moi. Enfin j'ai réussi à lire les six mots :

Bienvenue, Gabriel
Au royaume des sentiments.

A ton bonheur, Gabriel !

Ils levaient leurs verres, me souriaient. Mais comment avaient-ils appris ? Je me suis senti ridicule de seulement poser cette question. Bien sûr que tout se sait, dans un palais, surtout l'amour. Ils me souriaient tendrement. Vous n'imaginez pas l'amitié qui pouvait régner, certains jours, au temps du premier septennat. Aucune ironie, aucune malveillance. Ils étaient rassurés. Ma sexualité, mon pillage systématique de la fête nationale les avaient toujours inquiétés.

Heureusement, je ne me suis interrogé sur mon

métier que plus tard, bien plus tard. Quelqu'un qui se met à préférer, à préférer vraiment, quelqu'un qui est entré dans le « royaume fermé de la préférence » peut-il continuer à mouliner des kilomètres de discours sur tout et n'importe quoi ?

Une nuit à ciel jaune, un orage d'été sans éclairs, l'un de ces rares moments de l'année où la peau des avant-bras colle au sous-main de cuir et où chaque passage à la ligne fait un bruit peu ragoûtant de succion. Quand la pluie, après s'être fait attendre des heures, enfin daigna couler, Gabriel se permit des vacances. Il abandonna son projet de toast au roi du Népal et, comme la majorité des Parisiens ce jour-là, s'accouda à sa fenêtre pour goûter le spectacle des éléments déchaînés. Il tombait ce que les voyageurs appellent, l'air entendu, « une averse tropicale », une cataracte qui creusait un sillon sacrilège dans les graviers de la cour d'honneur et résonnait sous les voûtes comme une verrière qui n'en finirait pas de s'effondrer.

Dans la sorte de brume verdâtre, vapeur d'eau et lumière électrique mêlées, il ne vit d'abord que le garde Gérard, l'ancien motard, l'homme de permanence. Il marchait, raide, sous le torrent, sans forcer l'allure, dignement, noblement. Il avait seulement retiré son képi qu'il maintenait contre lui de la main gauche. Tandis que, de la droite, il serrait le coude d'une jeune femme nue, dénudée par l'« averse tropicale », le tailleur Guy Laroche que j'aimais tant, celui des grandes occasions, garden-party ou visites officielles, le tailleur rose gravé sur la peau, cousu à même le ventre, les cuisses ruisselaient, la touffe, elle, semblait s'abreuver, garder l'eau, une touffe assez haute, avec un toit pointu. Une sorte de broche, de collier, un étrange papillon noir pendait plus haut, entre ses seins.

Le couple disparut sous Gabriel, lequel guetta le bruit des pas dans l'escalier. On frappa. La double porte s'ouvrit.

– Ouf, dit l'archiviste en riant. Bonsoir, monsieur.

Tandis que le garde Gérard prenait congé, elle se regarda dans le miroir, celui devant lequel Gabriel, de temps en temps, essayait des chapeaux, se disant qu'il y avait peut-être là, dans le couvre-chef, un moyen de se donner de la prestance.

– Mon Dieu, mais vous m'avez vue ?

Ses yeux brillaient.

Pourquoi la fierté des hommes est-elle si pesante, appuyée, et pourquoi si gaie celle des femmes, et d'autant plus gaie qu'il s'agit de corps, de sexe ?

Elle reprit :

– Au milieu du dîner, un dîner amusant d'ailleurs, Gabriel, rassurez-vous, ce qui va suivre n'était pas dû à l'ennui, un peu avant le milieu, pour être précise, nous commencions à démailloter les papillotes de rouget et une jeune diplomate nous racontait son récent voyage en Asie centrale, c'est à ce moment-là que je me suis dit : pour moi, c'est oui.

Il ne l'avait jamais entendue tant parler. Une vieille idée lui revint à l'esprit, qu'il avait abandonnée car elle lui semblait un peu facile, trop favorable, l'idée selon laquelle il n'y a pas de timides absolues. Les femmes ont toutes un point du corps, un coin de la ville, une heure de la journée qui sont en elles comme une porte dérobée par laquelle elles peuvent sortir d'elles-mêmes, de leur timidité, et entrer dans toutes sortes de folies, graves ou vénielles.

– Et vous, Gabriel, êtes-vous capable de prononcer un oui, une fois dans votre vie ? Un oui à une seule personne, vous me comprenez ? et non l'un de vos oui habituels, à tout et à tout le monde ?

Gabriel la considéra un moment, ne répondit pas, s'aperçut qu'elle grelottait. Il lui retira ses vêtements trempés (opération qui la rendit moins nue). Il la frotta, le corps, les cheveux, toujours se taisant. Il lui tendit l'un de ses costumes. Lui qui désormais connaissait presque tout d'elle, il se détourna tandis qu'elle s'habillait (décidément, la nudité était une valeur relative). Il appela le garde Gérard et lui confia cet étrange personnage qu'était devenue l'archiviste, un jeune homme à cheveux toujours plus frisottants de minute en minute.

Le lendemain, Gabriel fit preuve d'une activité et d'une efficacité que personne ne lui connaissait. Il consulta le calendrier parlementaire, appela son collègue plume au Quai d'Orsay, s'arrangea avec lui, rédigea dix lignes en grand secret, puis écrivit à l'archiviste pour l'inviter à l'Assemblée nationale, à la séance du 10 avril suivant où l'on devait débattre de l'avenir de l'Europe. L'archiviste comprit l'importance du rendez-vous, malgré son infaillible conscience professionnelle remit à plus tard l'inventaire des documents laissés par Régis Debray (nommé au Conseil d'État), gagna au jour dit le Palais-Bourbon, s'assit incognito parmi le public, et bientôt entendit de la bouche du ministre d'État, ministre des Affaires étrangères, la réponse qu'elle attendait :

> Face aux bouleversements survenus à l'Est en moins d'un an, la construction de la Communauté européenne pourrait paraître bien lente, et ses péripéties parfois bien mesquines comparées à la grande aventure de la liberté. *Mais ne cédons pas si vite aux faux-semblants : il est, en effet, plus facile de dire non que oui. C'est une loi de la nature. Refuser demande parfois du courage mais ne prend qu'un instant. Acquiescer, c'est une autre affaire.*
> Pourtant, depuis maintenant quarante années, six, puis neuf, puis douze pays ont appris à s'accepter, à se reconnaître différents, à vivre ensemble, à bâtir ensemble, pas à pas, un avenir commun.

Elle hocha la tête, sourit, se leva et quitta la Chambre pour entrer dans une vie nouvelle, plus compliquée que la précédente.

Gabriel ne se vante pas, il ne réclame aucun reportage dans les journaux féminins. Soucieux de vous présenter la vérité, toute et rien que la vérité, il vous livre les faits. Voilà tout. Pour installer l'archiviste en lui, au cœur de lui, il a dû lutter, déblayer, défricher.

Il n'était pas facile de frayer une place à un sentiment privé dans ce palais où régnait le Grand Séducteur, où tout n'était qu'amour de Sa personne, où proliféraient d'innombrables variétés d'amour.

L'amour physiologique, celui du conseiller qui suait des paumes et des tempes rien qu'à entendre Son nom. L'amour protestant, qui chassait toutes les autres émotions pour ne garder en soi que l'amour de Lui. L'amour ingénieur qui avait découvert la loi du monde : Il a toujours raison. L'amour nostalgique, qui attendait que la main repasse et qu'Il veuille bien lui accorder de nouveau l'intimité d'antan. L'amour amical, qui trimballait fièrement depuis l'ancien temps le privilège de Le tutoyer. L'amour du service de presse, l'escouade des brunes, blondes ou rousses qui Le raccompagnaient chez Lui, tard le soir, dans l'ancien temps, lorsqu'Il n'était encore que premier secrétaire ; elles choisissaient de toutes petites voitures, Austin ou Fiat 500, et, tandis que Paris dormait, leurs doigts frôlaient Son genou au changer des vitesses. L'amour départemental ou la circonscription incarnée. L'amour du moment, celle qui rendait visite le soir, en minijupe dorée, haïe d'un seul élan par toutes les autres amours du palais enfin rassemblées, tandis qu'une à une les lampes Pigeon s'allumaient et que les secrétaires pensaient à leur marmaille maintenant rentrée de l'école.

Et bien d'autres amours encore, l'amour de l'ancien adversaire devenu conseiller, l'amour de l'ex-arriviste bientôt envahi de dévouement, l'amour du cuisinier qui s'attendrissait devant Sa gourmandise, du médecin qui se délectait de Ses faiblesses intestines, du coiffeur qui avait vu Ses cheveux blancs, l'irréfutable preuve de Son âge, mais qui n'avouera jamais la recette de Ses teintures.

Sans compter la perfection, l'admiration absolue, la dévotion efficace que Lui portait l'hagiographe. Cette vieille dame, en des temps très reculés historienne et journaliste, avait su déceler un destin, Son destin, dans les premiers pas d'un obscur et très éphémère secrétaire général aux Prisonniers (29 août au 6 septembre 1944). Depuis, éternellement vêtue d'un tailleur à boutons d'or et teinte bleu pâle qui jurait avec les reflets violacés, option jour de fête, de ses cheveux blancs, elle installait ledit destin, Son destin, dans les siècles des siècles. Méticuleuse, sourcilleuse, pointilleuse, inventive, elle avait pour Sa gloire les soins d'une Paimpolaise bichonnant la maisonnette d'un cap-hornier qui finira bien par revenir. Jean Racine, dit-on, éprouvait une telle passion pour Louis XIV. Un jour, il en cessa d'écrire ses tragédies pour ne plus quitter, d'une minute, son monarque. Et mourut d'être éloigné : il avait fait la gaffe de critiquer devant le Roi, Scarron, le mari de la favorite, Mme de Maintenon.

Notre Président n'avait pas à souffrir de la comparaison avec le Roi-Soleil : tout n'était qu'amour autour de Lui, odeur d'amour, mots et silence d'amour.

L'hagiographe, parmi tous ses travaux de gloire, avait la charge des portraitistes. J'avais fini par découvrir le grand secret : les artistes de toute race qui traversaient chaque matin la cour faisaient Son portrait.

Chacun d'eux, un jour de lassitude et manquant d'autre idée, avait écrit pour solliciter l'honneur d'immortaliser le Président de la France, mère des Arts, des Lettres, des Lois (notamment). Et, contre toute attente, avait reçu, par retour, une invitation officielle, frappée du chêne bleu, Son signe : Présentez-vous 55 rue du Faubourg-Saint-Honoré, 75 008 Paris, métro Champs-Élysées-Clemenceau, muni de vos papiers d'identité et de votre titre de transport (qui vous sera remboursé).

Quand sa charge Le lassait trop, Il descendait poser un quart d'heure. Averti par mon ami l'huissier cycliste, je me précipitais vers le fond du salon Napoléon-III où l'on avait installé l'atelier. Et je restais là, caché par le rideau rouge, à Le regarder prendre Ses mines, à les regarder travailler, tous ces « créateurs » – comme les appelait, yeux mi-clos et l'attitude révérencieuse, le ministre de la Culture –, venus du monde entier par « admiration de notre pays », ce peintre sous verre de Dakar, ce Bangladais à bandeau bleu expert du fusain, ce creuseur de bois suédois, ce conceptuel du Minnesota et les autres, les plus classiques, les gâcheurs d'huile, les adeptes du trait pur... Je me souviens de l'odeur indéfinissable qui montait lors de ces séances, l'odeur de la fausse indifférence-vraie fierté du modèle, l'odeur de la révérence des artistes, l'odeur des vernis, de la térébenthine, les relents fades de la terre glaise, et la haine entre collègues, ces œillades meurtrières de chevalet à chevalet, rien ne sent comme la haine.

C'est sûr, Il savourait. Il ronronnait d'aise. Tout en lisant (un ouvrage rare), Il présentait un profil, un autre, Il donnait à chacun sa chance. Il ouvrait et refermait fenêtre après fenêtre sur les inépuisables richesses de Sa personnalité.

Il S'aimait, Se dégustait, Se savourait comme jamais, à ces moments-là. Et les amours étant des grandeurs additives, amours des conseillers pour Lui ajoutées à Son amour de Soi, le palais rompait ses amarres, la Présidence se muait en vaisseau mystique...

Alors, comment comprendre qu'à l'extérieur on L'aimât moins, parfois beaucoup beaucoup moins, que nous ne L'aimions ?

Le mesureur d'amour extérieur était un scientifique, un petit homme gentil et chevelu portant brosse à l'ancienne d'un blanc éclatant, un vieil ami du Président ; il ne voulait pas Lui faire de peine. Outre Le servir, il n'avait qu'un rêve dans la vie : rencontrer un jour Milan Kundera qui, d'après lui, « savait tout des femmes ». Il s'était installé modestement dans l'aile ouest, du côté du garage. Entre deux crépitements de ses ordinateurs, on entendait les jets d'eau : les chauffeurs n'arrêtaient pas de laver les voitures, été comme hiver, jets d'eau, peaux de chamois. Il vivait là, Jean, peut-être même couchait-il parmi ses machines, de plus en plus désespéré à mesure qu'elles lui crachaient des méchancetés. Puisque les résultats étaient mauvais, il aurait préféré fermer boutique. Mais le Grand Séducteur voulait savoir : « Alors, Jean, est-ce qu'on m'aime ? » « Alors, Jean, est-ce que la France comprend mon action ? » A l'avance désespéré, ledit Jean commandait un nouveau sondage.

Et Jean nous téléphonait, fou de joie.

– Une bonne nouvelle, enfin une bonne nouvelle, 70 % des Français apprécient les transformations architecturales du palais.

On n'osait plus casser son enthousiasme. On gardait pour soi la question fatale : et les sans opinion, Jean, quel est le pourcentage des sans opinion ?

On se forçait à la gaieté :

– Formidable, Jean, bravo, le Président le sait ?

– Je cours Lui annoncer. Allez, continuez à bien conseiller, je sonderai bien. Une chose est sûre, nous remontons la pente.

C'était sa formule, « remonter la pente ».

Désormais reconnu capable de sentiment, Gabriel était convié au « point » sur l'amour qui avait lieu chaque lundi matin, une équipe restreinte autour du Protestant. Bilan de la semaine écoulée, sept jours à venir, liste des mesures envisagées par les ministres, calendrier prévu de ses actions à Lui, répercussions prévisibles sur l'amour.

Jean, tu as la parole.

Le malheureux ne finassait plus. Il avait abandonné toutes ses fioritures. Il n'annonçait qu'un chiffre, 35, 34, 33 %, le réservoir des opinions « favorables » ou « plutôt favorables » s'asséchait à vue d'œil.

– J'attends les suggestions, murmurait le Protestant.

Le photographier avec Son chien, Le faire parler des arbres et des fleurs au journal télévisé, L'enregistrer dialoguant rock avec les membres du groupe Indochine, Le dépêcher à la moindre catastrophe pour qu'on Le voie caresser les joues des victimes au travers des pansements, inviter au palais la famille de Monaco, Le faire nager dans le Gulf Stream avec le commandant Cousteau... On ne savait plus quoi essayer lorsque le couple sauveur est arrivé.

Un beau matin de mars, les grilles se sont ouvertes

sur deux Jaguar XJ framboise. En matière de limousines, la cour d'honneur a ses habitudes : Rolls pour l'ambassadeur d'Angleterre ; Mercedes pour celui d'Allemagne ; tank noir pour les États-Unis ; imitation Cadillac pour l'URSS (etc., etc.). Mais, jusqu'à ce matin-là, de Jaguar, point. Car les Jaguar sont d'un pays (le luxe) qui n'entretient pas avec la France de relations diplomatiques officielles.

Les gravillons blancs ont donc sonné l'alarme : attention sommes foulés par véhicules incongrus. Et le peuple des conseillers s'est rué aux fenêtres.

De ce premier instant précis, on peut dater le début de la haine, mais une haine encore long drink, allongée d'étonnement.

Les deux longues framboises ont viré à bâbord et se sont rangées dans la cour est, entre les locaux de l'Agence France-Presse et les appartements de Sa femme, à l'endroit où aucune voiture personnelle, jamais, même celle de la mère du Conseiller Spécial, n'avait eu le droit de séjourner.

Ils sont descendus des framboises, se sont approchés très près l'un de l'autre, ils se sont souri, tous les témoins oculaires de ce matin maudit l'affirment, et ce sourire, depuis, ne cesse d'être disséqué par la maison qui hésite dans ses appréciations entre cynisme, vulgarité, suffisance, fatuité… Puis, précédés d'un gendarme, le petit à droite, calvitie bronzée, vêtu comme nous (gris mais plus luxueux, peut-être un costume de chez Hilditch and Key, le tailleur qui nous faisait tous rêver, celui de la rue de Rivoli où s'habillait Drieu La Rochelle), le grand à gauche, tout en daim, chaussures, pantalon, veste, cravate, sauf la chemise et les cheveux (jaunes), c'est en couple qu'ils ont disparu sous la voûte et ont sans doute gagné directement Son bureau.

Alors la maison descendit dans la cour d'honneur. Sans s'être donné le mot, une trentaine de costumes couleur maussade sur les gravillons blancs, une trentaine de têtes lugubres, scandalisées et chuchotantes : « Mais que vont-ils faire au juste ? Son image. Quoi, Son image ? Reconstituer Son image. Et tu sais combien ils vont être payés pour reconstituer Son image ? Mais d'où viennent-ils ? Publicité. Alors vous savez combien ? Deux fois le salaire du Premier ministre. Deux fois ? Deux fois. Alors la Politique est morte. Autant aller dans le privé. Oui, puisqu'elle est morte, autant le privé… »

On a battu la semelle. De temps en temps, par une fenêtre, une secrétaire appelait. Un costume gris quittait la cour. Urgence. Revenait. Fausse urgence. On attendait, comme dans une grève quelques-uns grondaient. On attendait, plutôt comme pour un deuil, de plus en plus tristes, on attendait je ne sais quoi, sans doute la descente du corps, le corps de la Politique, puisqu'elle était morte.

Enfin, les deux réapparurent, ceux que, par la suite, il fallut bien se résoudre à qualifier de couple sauveur. L'huissier leur tenait la porte. Tout en Daim parlait, dessinait de vastes schémas dans l'air. Hilditch and Key hochait la tête. Un détachement de gardes républicains pénétrait dans la cour d'honneur. C'étaient l'heure et la saison des lettres de créance. De crainte d'être en retard, des ambassadeurs novices devaient tourner déjà autour du palais dans des voitures trop grandes pour eux.

Le lundi suivant, quand le premier d'entre nous poussa la porte du Protestant, ils étaient là, les duettistes chargés de Son image, au fond de la pièce, silencieux, sagement assis l'un contre l'autre, sur nos petites chaises dorées à coussin rouge, clairement déterminés à participer au saint des saints, notre réunion sur l'amour extérieur. Soyons francs : je m'attendais à un assassinat. Deux publicitaires déchiquetés par une dizaine de hauts fonctionnaires en état de légitime défense. Surpris au moment même où ils allaient mettre à mort la Politique, deux publicitaires frappés, égorgés, découpés sur la feutrine verte de la table de réunion et envoyés par morceaux aux quatre coins du monde *via* les valises diplomatiques.

Hélas, les jeunes gens bien élevés, même s'ils sont mécontents, très mécontents, n'arrivent pas à haïr. Ils s'arrêtent en chemin. Pour la haine, il faut prendre personnellement la mer. Les jeunes gens bien élevés restent au Yacht-Club : blazers à macarons et jumelles vissées sous le front, ils regardent au loin la régate et ricanent.

Il n'y eut donc pas d'assassinat, ce lundi-là, seulement de la morgue, des lèvres pincées, des coups d'œil méprisants. Mais les publicitaires supportaient très bien la morgue. Mieux que le Protestant, qui fit ouvrir les fenêtres alors que d'habitude on se calfeutrait pour entendre les mauvaises nouvelles.

Le déclin continuait. Plus que 29 % de favorables. Et les suggestions pour « remonter la pente » étaient de plus en plus indigentes : arrêter toutes nos ventes d'armes, protéger les tourterelles, réunir les prix Nobel à Paris pour parler de l'avenir...

– Rien d'autre ? demanda le Protestant. Je ne vous félicite pas. A lundi prochain.

En un instant la pièce fut abandonnée, sauf par le couple sauveur.

– Gabriel ? me chuchota le Protestant au moment où je passais devant lui.

– Oui.

– Ces messieurs veulent te parler. Je vous laisse le bureau.

Il sortit. J'ai bien l'impression qu'il verrouilla la porte.

– Nous avons besoin de vous, dit Hilditch and Key.

– Oui, besoin, reprit Tout en Daim.

Comment résister à de telles gentillesses ?

Et patiemment, interminablement, tandis qu'au loin, sur le bureau-gare de triage du Secrétaire général adjoint, sonnaient et resonnaient tous les téléphones du monde, tendrement, affectueusement (votre royaume, ce sont les mots, Gabriel, comme pour nous), ils m'expliquèrent la vie moderne. Moderne ou très ancienne, la vie tout simplement, Gabriel.

– Bon, reprenons au début. La politique est une histoire. Nous ne savons plus dans quelle histoire sont les Français. Pas de grands mots, Gabriel, hein, vous avez compris ? Histoire avec un petit h, pas destin millénaire, histoire comme anecdote, histoire comme liaison amoureuse. Quand l'histoire est perdue, il faut remonter aux sentiments. Une fois retrouvé le sentiment, c'est facile de bâtir l'histoire. Et avec une bonne histoire, on vous fabrique des sondages éclatants. La seule question est celle-ci : quels sont, aujourd'hui, les sentiments des Français ? Pas les opinions, hein, nous sommes bien d'accord, les sentiments. Vous nous suivez jusque-là, Gabriel ?

Gabriel était comme bercé. Hilditch and Key parlait avec une douceur d'ecclésiastique en se regardant les mains.

La chasse aux sentiments des Français allait donc s'ouvrir sans tarder, et comme les mâles, depuis longtemps, n'ont plus de sentiments mais des terreurs – n'est-ce pas Gabriel ? –, terreur de perdre son emploi, ses cheveux, sa virilité, sa BMW, on pouvait ne s'intéresser qu'aux Françaises. Toutes sortes de Françaises, de tous les milieux, le plus grand nombre possible de Françaises. Alors, Gabriel, acceptez-vous de nous aider ?

Gabriel répondit que bien sûr, mais que les femmes, pour lui, enfin, il mettait des années à les aborder, alors deviner très vite leurs sentiments... Considérant l'urgence, la proximité de l'échéance électorale, la nécessité de « remonter la pente »... Et puis, pour tout vous dire, j'ai ces temps-ci en moi une telle préférence, une préférence pour une seule dame, je veux dire...

– Heureux Gabriel !

– ... que je ne sais si j'aurai l'oreille pour les autres.

– Nous ne pensions pas qu'à l'oreille. Non, ne rougissez pas. Et pas d'inquiétude. Chacun son métier. Lui (Hilditch montrait Tout en Daim) va partir en chasse. Et moi, j'analyserai les résultats.

En redescendant l'escalier, tout en saluant les gendarmes qui, sur chaque palier, lisaient *L'Équipe* camouflée derrière *Le Monde*, Gabriel se sentait requinqué. Belliqueux. Oui, nous allions la mener, cette campagne d'amour, chacun avec ses moyens. Oui, grâce à nous, le Grand Séducteur retrouverait sa place dans les cœurs. Il faudrait en parler au plus vite à Hampaté-Francis : après tout, n'était-il pas spécialiste en retour d'affection ? Quel enjeu pour un griot !

Et c'est dans ces dispositions que Gabriel partit faire sa cure habituelle.

De temps en temps, je prends le train à Invalides, le deux-étages qui longe la Seine, s'élève sur la colline, traverse Issy, Meudon, Chaville, je retourne à Versailles.

On me l'a dit : Il est favorable à ces séjours. Il doit penser qu'un peu de grandeur ne fera pas de mal à mes textes. Il a raison. L'époque est morne. On sommeille. Rien de tel que l'or ancien pour rehausser le gris. Ses conseillers à l'image Lui ont sûrement communiqué les tirages vertigineux de *Point de vue* en France, de *Hola !* en Espagne, publications spécialisées dans la vie des nobles. Plus la crise s'installe, plus les Européens se passionnent pour le sang bleu. C'est un fait. Je dois en tenir compte dans mon style.

J'arrive vers la fin du jour, comme on ferme la grille. Les touristes protestent de me voir entrer, certains vindicatifs, des moustachus, des Polonais, des Argentins, ils évoquent n'importe quoi, le principe d'égalité, les droits de l'homme, ils crient au favoritisme, pour un peu ils donneraient des poings, ils voudraient bien savoir de quel pays je suis. Les gardes ont l'habitude, des anciens vigiles à la Sorbonne, ils ne répondent pas aux provocations. Ils m'accueillent avec chaleur et gravité. Alors, monsieur le Conseiller, la République a encore besoin de Versailles, hein ? Ils subodorent une mission secrète. Je vois leur fierté que le château renaisse, qu'il serve à autre chose qu'à avaler et avaler encore, comme un pressing géant, les T-shirts du monde entier.

Quand nous avons boité bien haut dans la cour si mal pavée, nous nous retournons toujours au même moment, sans nous être donné le mot. C'est si bon de voir disparaître, entre les Grandes Écuries, le dernier peloton des cars à système de freins antiblocage et toilettes intégrées.

Le dîner chez l'architecte des Bâtiments de France est toujours bref. Mon ami est un frugal : œuf à la coque, pêche au vin, doigt d'arbois. Il a d'autres préoccupations en tête que la gastronomie. Son obsession, c'est le château, la douleur du château envahi par les hordes. Je le vois qui hésite. Comme chaque fois, il ne sait comment se lancer. Je la connais, sa grande idée : une année sabbatique pour Versailles, trois cent soixante-cinq jours portes fermées, jachère pour les pierres, pitié pour les parquets. Voilà, sa glotte frémit :

– Vous avez eu le temps de Lui parler de notre situation ?

Je mens, je dis que oui, que le projet est à l'étude, qu'il faut aménager nos engagements touristiques.

Son visage s'éclaire, il s'accroche à ces perspectives, en me servant du café, il murmure :

– C'est que, vous savez, il souffre, le palais. Quand il n'en restera rien, nous serons bien avancés...

Je le rassérène comme je peux, je lui promets de hâter les choses, il m'embrasserait presque. Augustin m'attend déjà dans l'entrée avec le lit de camp, la lampe Pigeon, l'interminable rallonge.

– Comme d'habitude, monsieur le Conseiller ?

– Comme d'habitude.

Augustin est un transfuge de l'aéronavale. Il servait le pacha du porte-avions *Clemenceau*. C'est vous dire si ses manières hôtelières sont parfaites. Il m'installe du mieux qu'il peut. Me souhaite bonne nuit. S'éloigne sans bruit.

Je connais mon privilège. Beaucoup se battraient pour dormir seul au milieu de la galerie des Glaces.

Pas moyen de fermer l'œil, avec tous ces miroirs. Sans doute furieux de ne rien pouvoir refléter la nuit, ils se changent en portes cochères, laissent à grands flots pénétrer le passé, toute la cour d'alors, les dix mille nobles et auxiliaires qui vivaient là du bon plaisir royal. Ils caquettent comme au bon vieux temps, ils tiennent gazette. Ils savent que j'ai tant lu sur eux, pas besoin d'ouvrir le *Who's who* pour apprendre qui est le chancelier de Pontchartrain ou la marquise de Créquy. Bref, je suis des leurs... et je passe une nuit blanche. D'ailleurs, je suis là pour cela, une cure d'Histoire de France.

Au fond, le château était leur grand collège, aux dix mille. Ils se battaient pour en être. Ils se contentaient d'une soupente, d'un cagibi sans fenêtre, pourvu qu'ils habitent près du Roi. Et, sitôt quitté Versailles, ils mouraient de chagrin à demeurer dans le néant, si loin de la lumière...

Mais, cette nuit-là, épuisé, à peine bordé par Augustin, j'avais sombré. Des bruits de voix me réveillèrent, une voix trop vivante, aiguë, perçante même, pour appartenir à un fantôme. Je me suis levé, approché lentement, lentement, j'ai tourné la poignée d'une porte, risqué un œil.

Face à moi, à l'autre bout de la salle, sur une petite estrade, un trio trônait. Au centre, un beau patriarche, genre président de club, hâle léger, chevelure blanche et fournie, rosette au revers du blazer, à sa droite mon architecte, à sa gauche l'orateur, une forte femme, trop forte pour sa voix, à n'en pas douter directrice d'École normale ou proviseur de lycée, tailleur sans forme couleur feuille morte. Et, me tournant le dos, une centaine de personnes assises, tous âges, jeunes et vieux des deux sexes, une secte sage, ils buvaient l'exposé.

Manifestement, il était question de courtisans. Je m'attendais aux moqueries habituelles, au défilé des flagorneurs célèbres : le Maréchal de Villeroy qui « pleurait toujours vis-à-vis du Roi aux compliments que le prédicateur lui faisait en chaire » ; Mme de Sévigné qui écrivait du Roi : « Victorieux partout, aimé du ciel, les États deviennent heureux auprès de ce soleil » ; Racine : « Dans l'histoire du Roi, tout vit, tout marche, tout est en action... C'est un enchaînement continuel de faits merveilleux... En un mot, le miracle suit de près un autre miracle... »

Rien de ces facilités, ce soir-là. Le proviseur-forte

femme avait sorti un livre, l'avait ouvert avec respect, et lisait :

> « Application sans relâche, fatigues incroyables pour se trouver partout à la fois, assiduité prodigieuse en tous lieux différents, soins sans nombre, vues en tout, et cent à la fois, adresses, souplesses, flatteries sans mesure, attention continuelle et à laquelle rien n'échappait, bassesses infinies », voilà ce qui rendit le duc d'Antin « le plus habile et le plus raffiné courtisan de son temps », et le fit combler du Roi. D'Antin lui-même devait en convenir un jour : « Je ne manquais à rien de tout ce que l'envie de plaire peut suggérer à un courtisan émerveillé. » « Sans humeur et sans honneur, un vrai courtisan », disait de lui le duc d'Orléans.

J'avais bien sûr reconnu l'une des bibles de la courtisanerie, l'ouvrage de José Cabanis, *Saint-Simon l'admirable*, où l'on apprend l'ascèse, la sorte de sainteté qu'était la vie de cour. Un livre que nous avions tous compulsé, dans notre palais à nous, pour y trouver des recettes, des exemples, et secrètement annoté.

La lectrice continuait :

> « Certains n'osaient découcher de Versailles, tel le duc de La Rochefoucauld pendant des années, demandant la permission de s'absenter, fût-ce une demi-journée, et qui, proche de sa fin, suivait encore le Roi à la chasse, "tout couché dans sa calèche comme un corps mort". Inutile toute sa vie, mais présent. »

C'est alors que l'architecte m'aperçut : par l'entrebâillement de la porte, un vieux jeune homme ébouriffé en tenue de nuit. Il leva la main. Silence instantané de l'orateur.

– Chers Amis de Saint-Simon, nous avons la chance d'avoir parmi nous ce soir…

Suivit un court exposé alourdi d'éloges d'où il ressortait que la seule place d'un ami de Versailles tel que Gabriel était sur l'estrade.

Gabriel faillit fuir. Et puis respira fort, rajusta le cordon de son pantalon (pourquoi cette absence de boutons aux braguettes des vêtements de nuit ?), gagna, aussi majestueux que possible, la petite tribune. Applaudissements nourris, sourires éblouis (un vrai courtisan devant nous, ce soir, quelle aubaine !), regards surpris vers le pyjama bleu tendre, coups d'œil jaloux de certains (il vit au château, celui-là ?), clap clap de mes mules cuir clair sur le parquet royal, serrements de mains, enfin assis. Gabriel croyait son labeur achevé.

– Peut-être nous direz-vous quelques mots, monsieur le Conseiller ?

Ils le voulaient, ils l'ont eu, mon sentiment sur la flatterie, rien de méprisant, rien à voir avec la bave des compliments. Tout le contraire. La courtisanerie est l'un des beaux-arts.

– D'abord le travail, on l'oublie trop souvent. La flatterie est un labeur, requiert des années d'enquête, un savoir minutieux, une connaissance par le menu de la personne à flatter… Au fond, c'est une acupuncture : on cherche les endroits sensibles, les plaisirs rares. Et, mesdames et messieurs, si vous me le permettez ce soir, les enfants sont couchés, l'activité du flatteur tient au plus noble de l'érotisme millénaire : le flatteur, le vrai flatteur n'a de cesse qu'il ne découvre les clitoris biographiques.

Avec ces derniers mots, je craignais un peu des pudibonderies, des où vous croyez-vous ? Après tout, même en pyjama, Gabriel avait une fonction officielle. Mais non, rien que de l'intérêt passionné dans mon auditoire. Les Amis de Saint-Simon ne sont pas bégueules, ils hochaient la tête gravement, les milliers de pages du Duc leur avaient appris la vie, tous ses recoins, ses doubles fonds.

– En votre nom à tous… enfin, je veux dire… je me fais votre interprète.

Le président des Amis a beaucoup balbutié pour me remercier. Je croyais en rester là, mes yeux se fermaient, j'aurais tant voulu retrouver mon lit de camp de la galerie des Glaces, mais non, il reprenait :

– S'il voulait bien… peut-être que monsieur le Conseiller accepterait… accepterait de nous parler… je comprendrais fort bien qu'il refuse… son devoir de réserve… mais enfin quelques mots seulement sur la courtisanerie aujourd'hui. Nos amis ne s'intéressent pas qu'au passé. Ils sont très, je veux dire, oui, gourmands de présent.

Bien sûr, Gabriel aurait sans doute mieux fait de se taire ce soir-là. Mieux fait de ne pas citer autant d'exemples un peu grotesques. Comme la flagornerie de ce haut personnage venu me voir juste après que j'eus fait paraître un petit récit :

– Alors là, cher ami, alors là – la sueur inondait son

visage, il balbutiait, je lui montrai un siège. Cher ami, quand je pense que le haut fonctionnaire dont j'admire si fort l'action est aussi l'auteur qu'aime tellement, oui tellement, si vous saviez, lire ma femme...

Mais les Amis de Saint-Simon étaient si heureux de voir que rien n'avait changé depuis les XVIIe et XVIIIe siècles...

Gabriel se devait de ne pas décevoir. Après quelques zakouski (apprendre le golf pour partager Sa partie, faire circuler une ordonnance à votre nom supposée soigner la même maladie grave que celle dont Il souffre, inscrire vos enfants dans l'école où la fille du vétérinaire de Son chien labrador redouble sa sixième...), Gabriel entra dans le vif du sujet. En l'espèce, la méthode infaillible pour devenir, selon le goût de chacun, Secrétaire d'État, ambassadeur à Londres ou membre du Conseil constitutionnel : il suffisait de se dévouer corps et âme à la Fondation humanitaire de Sa femme. Laquelle, au demeurant personne généreuse et confiante, ne pouvait manquer d'évoquer cette action désintéressée lors du petit déjeuner conjugal...

Gabriel ne jugeait pas, il livrait des faits. Après tout, Georges Pompidou, dont la Résistance était mince, avait touché le Général de Gaulle en s'occupant de l'institution charitable que le grand homme avait créée, après la mort de sa fille Anne.

Suivirent quelques autres récits de stratégies semblables. Gabriel conclut par ce qu'il considère, à ce jour, comme l'excellence en matière de flatterie.

Au début des années cinquante, celui qui allait

devenir notre Président, alors dans Sa jeunesse et déjà ministre, se rendait fréquemment dans un château, pas très loin de Paris, où Il rencontrait des personnes de qualité, dont Violet Trefusis. Cette Anglaise appartenait à cette petite société rare des années trente, sommet de culture, de raffinement, de snobisme, sans oublier l'audace, l'audace sociale et sexuelle. Vita Sackwill West et Virginia Woolf avaient été deux des phares de cette société et deux des amantes de Violet. Laquelle devisait si bien avec le jeune ministre, à l'ombre de la tour Louis XIII et au calme de l'église, qu'elle le pria de la rejoindre à Florence (où elle avait bien sûr un palais et où Il prit plus tard les habitudes que l'on sait ou devine).

Le temps passa.

Au début des années quatre-vingt, un quadragénaire doué cherchait à la fois un château et un nouveau métier, et d'ailleurs le second plus ardemment que le premier. Il fouilla dans l'existence encombrée du Président qui venait d'être élu, découvrit Violet et le fameux château. Il s'y rendit. Coup de foudre (l'endroit a une vraie magie). Et miracle (les propriétaires vendaient). Le quadragénaire acquit, et, les travaux à peine entamés, invita.

Je me souviens de ce déjeuner et des belons pour commencer.

– Vous savez, dit le Président à l'hôte, vous savez que je connais ce château mieux que vous.

– Ah bon, répondit l'hôte, mimant l'étonnement.

– Eh oui, j'y venais dans les années cinquante rencontrer une Anglaise, Violet Trefusis (etc.).

– Quelle coïncidence, murmura l'hôte.

Aujourd'hui, le propriétaire du château a été directeur général puis ministre, redeviendra bientôt l'un et l'autre ou plus, et ce n'est que justice.

A ces mots, les Amis de Saint-Simon se levèrent. Et applaudirent. Qui, mieux qu'eux, pouvait apprécier ce pur chef-d'œuvre de détour, d'intelligence et de culture, ce pur joyau de la flatterie ?

Profitant de l'émotion générale, Gabriel, dont le pyjama s'entrebâillait dangereusement, regagna son lit de camp.

Plus tard, comme le sommeil tardait à venir, il songea au Grand Séducteur.

Après tant d'années, à force d'être adulé, Son oreille avait dû changer, Sa peau, tout Son corps. Depuis longtemps, l'air pour Lui n'était que loukoum. Dans une atmosphère normale, Il ne trouverait plus Son oxygène. Il palpiterait des branchies. Il étoufferait d'incognito. Comment Lui en vouloir ? L'espèce évolue, c'est bien connu depuis Lamarck, on s'adapte au milieu.

Il faudra que j'en parle à Guy, le médecin personnel, « Physiologie et flatterie de longue durée », voilà un beau thème de publication.

Cette idée amicale clôt d'un coup, comme une porte qui claque, le chapitre de la flatterie. Gabriel, enfin libéré, peut retrouver sa préférence, l'archiviste. Laquelle, couchée yeux grands ouverts à vingt kilomètres de là, le long de son mari endormi, attend, pour s'endormir à son tour, et non sans impatience, que son amant se souvienne de sa présence sur terre.

Maintenant, pour faire le point, nous nous retrouvions le dimanche soir dans les bureaux des imagiers, cours Albert-Ier, près de l'ambassade du Brésil. Hilditch and Key venait m'ouvrir. Il portait ces jours-là un polo sombre avec un petit joueur de golf blanc à la place du cœur. Tout en Daim, lui, restait fidèle à sa tenue habituelle. Il nous attendait, assis dans la salle de conférences, près de la machine à café, les deux coudes posés sur la longue table d'acajou jonchée de gobelets vides. Il racontait ses missions d'une voix terne, sans gaieté ni tristesse ni forfanterie ni timidité feinte, un récit comme un autre. Seulement, de temps en temps, une précision, un détail cru résonnaient comme une violence dans l'atmosphère trop paisible de ces dimanches soir : « En avalant, elle s'est étranglée. J'ai dû lui taper dans le dos » ; ou bien : « Puisqu'elle me refusait le normal, j'ai été au petit... »

Le premier dimanche, je m'étais étonné : pourquoi les baiser toutes ? Les Françaises ne savent plus parler sans baiser ? Il avait haussé les épaules.

– ... loin, très loin de les baiser toutes. Mais beaucoup ne se racontent vraiment qu'au lit.

Hilditch and Key, sans rien dire, notait les mots clefs prononcés par les conquêtes de Tout en Daim : chômage, mais aussi transports en commun, manque de rêves, hommes absents... De temps en temps, il posait son Stylomine et se levait pour aller chercher un café. Tout en Daim s'arrêtait de parler. On entendait le gobelet se mettre en place. Puis se remplir. Tout en Daim remerciait. Buvait. Claquait la langue. Recommençait.

– Banlieue de Toulouse, une caissière chez Auchan. Pas la peine, avec celle-là, de donner le corps. Une gentille bavarde. Et pas bête. Elle m'a tout de suite dit : moi, je m'intéresserais à la politique si c'était comme Canal Plus. Les Nuls et des films.

Hilditch souriait. Moi, j'engrangeais. J'ai la mémoire de l'amour physique, vécu ou raconté, une mémoire exceptionnelle. Des années plus tard, je me souviens d'une moiteur, d'un changement de rythme. Peu à peu se dessinait un portrait de notre pays, pas très gai.

Je rendais compte à l'archiviste, je lui répétais que, de par son métier, elle était tenue, oui tenue, de savoir tout ce qui avait trait au palais. Elle faisait non, non de la tête, marmonnait un ou deux « dégoûtant », rougissait et s'enfuyait.

Pourtant, c'est elle qui a trouvé le titre de notre croisade amoureuse. Comme chaque mardi soir, nous assistions à une remise de décorations et, comme chaque mardi soir, sous les projecteurs, les récipiendaires transpiraient, déjà alignés face au micro. Les invités et les membres de la maison devisaient. Soudain, on L'annonça. Le silence se fit. Sauf à mon oreille l'archiviste, sa petite voix de bon élève, un brin prétentieuse :

– Vous connaissez l'expression « voir les anges violets » ?

– Non.

– Vous n'avez pas idée de son sens ?

– Non, j'avoue.

– Pour une femme, éprouver du plaisir. C'est tombé en désuétude.

Et l'archiviste se mit au garde-à-vous. Je n'étais pas étonné : elle est coutumière de ces audaces quand le lieu et l'instant la protègent. Le chef de l'État commençait les éloges des futurs décorés.

Les hommes chargés de Son image battirent des mains quand ils apprirent la formule. Tu nous feras mieux connaître ton archiviste, Gabriel ? Veinard Gabriel. « La campagne des anges violets », ainsi fut baptisée sur-le-champ notre opération. Et ainsi elle demeure dans la mémoire admirative des professionnels de la communication politique.

Un jour, j'ai demandé à Tout en Daim où il trouvait l'énergie d'aborder toutes ces Françaises et de forniquer avec elles, encore et toujours, pour la bonne cause. Est-ce que la bonne cause ne coupe pas tes effets, parfois ? Hilditch n'était pas là. Il arriverait plus tard. Comme chaque deuxième et quatrième dimanche du mois, il s'était rendu tout joyeux à son supplice : le dîner rituel dans un restaurant soi-disant landais de la rue Delambre avec ses trois enfants, trois traces blondes d'une vie antérieure. Chaque fois, il arrivait rayonnant, ivre d'espérances inconsidérées (paix, sérénité, réconciliation générale de toutes les vies officielles et secrètes). La Volvo de l'ex-épouse et toujours mère attendait avec ses enfants, garée juste devant l'établissement landais (le dimanche, si l'on dîne tôt, avant les retours de week-end, il reste toujours des places, rue Delambre). La petite fille voyait son papa la première. Les trois traces blondes de la vie antérieure jaillissaient de la voiture qui aussitôt démarrait, sans un signe de la conductrice. Alors commençait la guerre entre les trois traces blondes, guerre pour s'asseoir près de lui ou contre lui, guerre pour choisir comme lui sur la carte, guerre pour boire du vin comme lui, guerre pour lui raconter en priorité les hauts faits de la quinzaine écoulée. Hilditch avait choisi l'endroit pour cela, non pour sa cuisine lan daise, mais parce que ce restaurant s'était fait une spé·cialité, le dimanche soir, de ces semblables dîners. A toutes les tables, rien que des pères avec leurs vies antérieures et rien que des guerres.

L'agence était vide, cette évocation de la rue Delambre l'avait dévastée. Les glorieuses affiches des anciennes campagnes publicitaires pendaient aux murs comme en l'église des Invalides les drapeaux pris à l'ennemi et déchiquetés par la mitraille d'autrefois ou les mites de toujours. Après l'évocation par Tout en Daim des malheurs de son ami Hilditch, j'ai laissé passer une pleine minute de silence en hommage aux horreurs du divorce et, doucement, j'avais l'impression, avec mes mots, de lui poser la main sur l'épaule, doucement je lui ai reposé ma question.

– Pardon, Olivier, je sais que la vie de votre ami n'est pas drôle, mais vous, je voudrais savoir : où trouvez-vous l'énergie ?

Je pensais aux trois mille conquêtes de Simenon. Tous les hommes qui sillonnent l'univers féminin ne sont pas des malades, des dérangés. La curiosité est une vraie noblesse, un humanisme. Toute peau a son histoire. Caresser, c'est tendre l'oreille.

Il m'a répondu.

– C'est très simple : Air Inter.

Dès qu'il sentait baisser son tonus, il avait sa recette, il gagnait de grand matin Orly Ouest. Là, il s'asseyait n'importe où, au hasard, et se gavait d'hommes – vous avez déjà pris Air Inter, Gabriel ?

Des hommes, rien que des hommes, des mallettes, des cravates, et des hommes, une foule infinie d'hommes, des hommes qui se ressemblent, qui nous ressemblent, Gabriel, des frères pitoyables, des jumeaux sinistres, des mâles aux rêves petits, aux lassitudes si visibles, là derrière, dans la queue pour Montpellier, c'est moi dans cinq ans, la peau un peu plus grise qu'aujourd'hui, plus pendante sous les pommettes, à côté, file vers Nantes, le béjaune à cravate pincée, c'est ma jeunesse imbécile, l'odeur de la douche encore dans les cheveux et la morgue d'un matin de bonne fortune, et là, tout près, à me toucher, la détresse, un voisin grimace, une crispation du cœur, il croque une dragée, moi, rien que moi, tous les moi possibles dans ce hall glauque, toutes les hypothèses d'une vie d'homme, toutes les variantes, études bonnes, moyennes ou désastreuses, mariage réussi ou raté, santé éclatante ou clignotante. Réunies toutes les options d'une vie d'homme, un catalogue de soi-même, toute la gamme, comme les voitures au salon, vitres teintées ou non, boîtes automatiques ou manuelles, un océan d'hommes, une masse de vies d'hommes découpée soudain par les guichets en tranches de cent, en petits lingots sombres, et enfournés dans les avions, et comprimés et ceinturés et priés de bien vouloir excuser ce retard involontaire, et lancés vers le bleu du ciel…

Sa colère contre Air Inter redescendit comme elle était montée. Tout en Daim sourit.

– Vous comprenez, Gabriel, rien de tel que cette indigestion d'hommes pour vous redonner le besoin d'une femme. Que diriez-vous d'un café ?

Je reviens à pied du cours Albert-Ier. Grâce à ces retours, dans le calme du dimanche, j'ai appris à connaître ce morceau de Paris qui ressemble tant à un bord de mer. Il faut faire confiance à la dérive des continents. La rive gauche finira bien par choisir son destin et s'éloigner, s'éloigner. L'océan recouvrira les ruines du pont Alexandre-III et l'on jumellera avec Brighton (Sussex) notre VIIIe arrondissement.

Plus tard, une autre question m'est venue : et si les femmes étaient les seules à avoir encore en elles la force de vivre la fin du siècle, d'un millénaire ? Les seules à trouver encore en elles l'élan pour recommencer à bâtir des jours et des jours après l'an 2000 ? En tout cas, même si ces généralités, les hommes, les femmes, sont imbéciles, les hommes me semblaient de plus en plus envahis par le désarroi, la meute des terreurs. Ils se défendaient comme ils pouvaient. mais ils devenaient des fantômes. Oui. des fantômes.

Pendant que se préparait la campagne des anges violets, je continuais, comme si de rien n'était, d'engendrer des palabres ; quinze discours pour la visite au Canada, sans compter la routine, les condoléances à la famille de la chanteuse Dalida, l'accueil au Président du Cameroun, le sept cent cinquantième anniversaire de Berlin, une déclaration d'aménagement des études médicales, la remise des médailles de la famille française, la réception du Rassemblement maçonnique international, le message de félicitations à Maurice Pialat, palme d'or à Cannes, l'inauguration du collège Francois-Mauriac à Sainte-Eulalie (Gironde)...

Mais, sous ce flot habituel de syllabes, la tension montait. Le point hebdomadaire n'était plus que de pure forme. Tout le monde attendait le plan des imagiers. Et Jean, le mesureur d'amour extérieur, s'était mis à leur service. Il faisait tourner ses ordinateurs sur telle ou telle question précise qu'ils lui posaient : « Qu'est-ce que les jeunes citadins de villes moyennes, âgés de dix-huit à vingt-deux ans, trouvent de vieux en Lui ? » Ou : « Les veuves de fonctionnaires sont-elles sensibles à Ses efforts en matière de francophonie ? »

On ne tentait plus d'interrogation globale sur le sentiment de la France à Son égard. A quoi aurait servi de se désespérer davantage ?

L'énervement nous gagnait. Des rixes éclataient çà et là dans le palais. Les gendarmes racontaient, je les entendais par ma fenêtre entrebâillée sur la cour, se racontaient comment ils avaient dû séparer le conseiller industriel et la chargée de mission pour la jeunesse. Ils en étaient venus aux mains pour une histoire de déchets. Productivité contre écologie. Les gendarmes ne prenaient pas parti. J'écoutais les consignes que leur donnait l'adjudant : « Dans ces cas-là, attendez l'arrivée d'un collègue. Puis prenez chacun un conseiller dans vos bras. Sans serrer trop fort. Et soulevez. Vous verrez, ils se calmeront... »

Jusqu'à l'hagiographe qui perdait sa sérénité.

Pour son exposition prévue à Beaubourg, « Le visage du Président de la République française dans l'art contemporain », elle avait besoin d'œuvres. Mais d'œuvres, point. J'avais bien remarqué leur manège : de séance en séance, ils n'avançaient guère, nos portraitistes. Certains même effaçaient au fur et à mesure. Nous entretenions des Pénélope. On pouvait les comprendre. Ils avaient trouvé le bon filon : emploi, logis, nourriture, argent de poche, référence pour l'avenir...

Quelques-uns se foutaient carrément de nous. Ainsi Alfadio, un peintre naïf de Dakar, cousin d'Hampaté. Il avait choisi pour son tableau un thème classique : l'ascension nocturne du Prophète. Il m'avait raconté cet épisode glorieux. Une nuit que Mahomet se trouvait à La Mecque, l'archange Gabriel – il s'appelle comme toi, Gabriel, dis-moi, tu n'aurais pas été archange avant de faire scribe ? –, l'archange, donc, lui apporta Al-Bourag, un cheval blanc, magique, jeteur d'éclairs. Et c'est sur cette monture que voyagea jusqu'à Jérusalem le Prophète avant de gagner le ciel.

Dans son désir d'exprimer sa gratitude pour cette commande de portrait officiel, si prestigieuse et bien payée, Alfadio avait donné au Prophète voyageur, sous le turban turquoise, les traits de notre chef d'État.

Quand il montra son travail, l'hagiographe faillit l'étrangler. Ses mains de vieille dame, ses longs doigts décharnés agrippaient l'air.

– ... dans la conjoncture actuelle... à six mois des élections, un président français musulman...

Elle voulait les renvoyer chez eux, tous et sur-le-champ. Ils résistèrent. Pas question d'abandonner la sinécure. Ils en appelèrent à Sa femme, une généreuse, je l'ai dit, une amie du Tiers Monde. Elle obtint pour eux le sursis. Ils reprirent leurs pinceaux, leurs burins. Ils hâtèrent un peu l'allure. A peine.

L'hagiographe ne décolérait pas. Elle était prête à tout contre ceux qui desservaient Sa gloire. Elle voulut au moins chasser l'autre peuplade des portraitistes, romanciers, reporters, cinéastes, photographes, médecins divers, qui avaient proliféré sur Lui comme colonies d'anatifes sur la quille d'un bateau. Eux aussi n'avaient eu qu'à Lui écrire : Je m'intéresse à Vous. Il avait répondu de Sa main et par retour : Venez. Demain 17 heures vous irait ?

Ils n'avançaient pas plus vite que leurs collègues des arts plastiques. Et pourtant ils avaient leur modèle à disposition. Deux surtout ne le lâchaient plus, une fine équipe : un ancien journaliste au physique de Guy Drut, le sauteur de haies, en plus mou, version veule, et un psychanalyste sympathique à l'œil frisant. Ils se faisaient inviter partout, les voyages au bout du monde, les week-ends familiaux, les dîners secrets. Ils L'écoutaient parler, ils Le filmaient parlant. Des heures et des heures. Ils dévoraient Son temps. On repoussait pour eux des ministres étrangers, des industriels. Ils ne se séparaient jamais de leur trésor, deux Samsonite pleines de cassettes. Ils avaient la même ambition que Sartre pour Flaubert : tout savoir d'un homme. Et ils ne nous montraient toujours rien. A peine, au bout de trois ans d'enquête, un petit opuscule sans révélation fracassante sinon que Sa mère avait été sévère. Et un 52 minutes documentaire plutôt flatteur.

La Presse commençait à ricaner. L'hagiographe voulait qu'ils débarrassent le plancher.

Cette fois, Il intervint Lui-même. Il convoqua la vieille dame :

– Que savez-vous de mon existence, hein ? Vous croyez qu'on peut l'épuiser en quelques entretiens ? Décidément, vous aimez le sommaire. Je me demande si votre nature convient à votre poste.

La messe était dite. Et la vieille dame défaite.

Il n'est jamais si cruel qu'avec ceux qui L'aiment le plus.

Au fond Son impopularité ne Le blessait pas. Du moment qu'on Le créditait toujours d'une « personnalité romanesque », l'une des plus romanesques du siècle… Il devait espérer secrètement qu'un jour prochain l'académie de Stockholm ajouterait une autre médaille à sa collection, le prix Nobel de la vie la plus pleine et mystérieuse, le prix Nobel du Romanesque. Notre Président, je le comprends maintenant, Se désintéressait de notre petite croisade politicienne. Il avait d'autres perspectives en tête. Il Se préparait pour la compétition suédoise, la lutte ultime, juste avant de mourir, pour le titre de l'humain le plus vivant du XXe siècle. Voilà pourquoi Il détestait tant Malraux, son concurrent le plus sérieux.

Une fois de plus, vers le soir, Gabriel était plongé dans une commémoration : centenaire de l'Alliance française. Mais, l'air printanier aidant, ainsi que la perspective de retrouver l'archiviste, les phrases, fort banales mais idoines, lui venaient sans effort : « Qui imaginerait aujourd'hui les hostilités ou les ricanements suscités alors par cette idée lumineuse ?... Durée ne veut pas dire pérennité. Examinons ensemble les fondements du futur... »

Les visites de l'archiviste étaient imprévisibles. Tantôt avant son dîner en ville : « Je n'ai qu'une minute, Gabriel, je déteste être impolie. » Tantôt après, plus richement dotée en temps : « Je me suis échappée dès le café. Nous avons une bonne heure à nous. » D'où la préférence de Gabriel pour la variante numéro deux, l'après. Préférence platonique. Je veux dire que je n'avais pas voix au chapitre : tout dépendait du mari et de lui seul, s'il avait décidé ou non d'accompagner sa femme au fameux dîner.

Ce soir-là, fête. En se présentant « avant », l'archiviste annonça qu'elle viendrait aussi « après ». Aimer une femme mariée fait vite apprendre la gestion de ce genre de miracles : 1) accueillir, 2) remercier, 3) tuer en soi toutes, mais toutes les questions sournoises qui pourraient naître du bonheur imprévu (le bonheur est de nature insatiable et, pour cette raison, suicidaire). Quand il la prit dans ses bras, le spécialiste de l'Alliance française reconnut une odeur qui le bouleversait, le parfum heure après heure de toute une journée de la femme qu'il aimait, la trace sensible de sa vaillance, de ses affrontements successifs à la mollesse et à la méchanceté des humains. En d'autres termes, elle n'avait pas eu le temps de repasser chez elle se rafraîchir. Oh comment ne pas haïr la douche vespérale d'une femme pour qui l'on a de l'intérêt véritable ?

Elle était épuisée. Dès qu'il relâcha, un instant, son étreinte, elle se laissa tomber dans une bergère. Elle portait à la fois toute la lourdeur du monde et une robe très légère, jaune, à bretelles fines croisées dans le dos, de celles qu'on met le matin sans regarder dehors, juste pour appeler l'été, et dans laquelle on grelotte un peu le soir.

D'une voix sourde, elle me raconta les dernières nouvelles de sa guerre quotidienne.

C'est un terrible métier, les Archives, quand on les prend trop à cœur. Avec tous ces collectionneurs du dimanche, tous ces maniaques de reliques. Elle devait batailler contre chaque conseiller, chaque secrétaire, les chauffeurs, les maîtres d'hôtel, les huissiers, les gendarmes mêmes dans leur loge : tous ils voulaient garder un souvenir, un menu annoté de Sa main, une adresse griffonnée, un cendrier qu'Il aurait touché… et, inlassablement, elle luttait, elle regagnait peu à peu le terrain perdu, elle arrachait tous ces trésors.

Comme souvent, je lui conseillai l'indulgence, la part des choses. Elle est devenue toute rouge.

– Ils ont signé. Vous avez tous signé. Tout doit me revenir ! Sinon j'irai devant les tribunaux. J'ai le Droit pour moi. Ça vous dit quelque chose, la loi du 3 janvier 1979 ?

Je laissai passer l'orage. Pourquoi lutter ? Elle ne m'entendait pas, toute à son combat infini. Elle aurait voulu que le passé entier revînt aux Archives. Pauvres Archives. Pour une telle mission, elles étaient bien fragiles, budgétairement parlant. Mais l'archiviste ne s'arrêtait pas à ces contingences.

– Vous serez bien contents plus tard d'avoir un passé fourni. Regardez les peuples sans archives, ils dérivent, ils divaguent. N'oubliez pas, Gabriel, la mémoire est la santé du monde. Et vous savez la meilleure ? Votre amie Monique, l'hagiographe, elle prétend désormais passer avant moi, trier le bon grain de l'ivraie, ne garder pour l'Histoire que les documents qui Lui sont favorables. Non, mais vous vous rendez compte ? Je vais l'attaquer, la faire condamner. C'est passible des tribunaux, ce genre de tricherie. Le passé est un patrimoine, tout le passé, le Bien comme le Mal...

Le sommeil lui est venu d'un coup, au beau milieu de la colère, là, soudain, une jeune femme jaune endormie dans une bergère du mobilier national. Je l'ai portée sans la réveiller jusqu'au divan. Et ainsi commença la première de nos nuits entières.

Tanizaki Junichirô a écrit en 1933 le livre qui pour nous, fantômes, est comme un évangile : *Éloge de l'ombre*. Dans ce livre, il s'interroge : « Pourquoi cette propension à rechercher le beau dans l'obscur se manifeste-t-elle avec tant de force chez les Orientaux seulement ? » Pertinente question. Il remarque aussi que les blocs de jade, et de là vient leur trouble attrait, emprisonnent dans les tréfonds de leur masse des lueurs fuyantes et paresseuses, comme si en eux s'était coagulé un air plusieurs fois centenaire.

La nuit entière ressembla au jade.

La nuit entière à deux est comme une autre peau. Sous le plaisir, on touche le grain du temps.

Vers le matin, Alliance française oblige, Gabriel s'est levé, en remerciant ses années de pratique du jeu de mikado, l'habileté qu'il y avait acquise de bouger lui-même sans rien déranger du reste du monde, rien changer dans la pliure d'un genou d'invitée assoupie, ni dans l'écartement enfantin de ses doigts sur l'oreiller.

Quand il eut fini son labeur de scribe, quand il eut trouvé sa chute – « Il n'y a que le premier centenaire qui compte. » –, quand, nu à sa table, il releva la tête, de l'autre côté de la pièce, une femme lui souriait. Un bruit d'une époque lointaine montait de la cour, le cliquetis d'éperons sur les pavés, la relève de la garde. Elle demanda :

– Mais… quel jour sommes-nous ?

– « Physiologie et flatterie ». Votre idée est formidable, Gabriel, succulente, infinie… Je l'ai développée, avec votre permission, approfondie. Vous savez qu'elle s'accorde très bien avec les dernières conclusions de la Science ?

Le médecin personnel était ressuscité. Quelque temps, il m'avait inquiété. Une vraie dépression. Ses rouflaquettes ne flamboyaient plus. Elles frisottaient petitement, comme des bruyères hors saison ou la touffe de certaines femmes tristes après la douche. Et quand il passait devant le service de presse, caverne d'Ali Baba pour tout être sexuel normalement constitué, catalogue de merveilles blondes, brunes, rousses, blanches, noires et métisses, autrefois objet de sa concupiscence active (auscultations, explorations fonctionnelles), plus rien, aucun éclat dans les prunelles, gourmandise nulle, réclame vivante pour le bromure.

Je comprenais son désarroi : quel ennui, n'avoir pour clientèle qu'un seul malade et qui se porte comme un charme… Sauf les sondages, bien entendu.

Mais que peut la médecine contre la dégringolade dans les sondages ?

Et le voilà qui reprenait vie. Ses yeux brillaient comme aux tout débuts, au temps de l'état de grâce.

Comme un enfant, il me montrait ses premières notes, une liasse de photocopies, des extraits de l'*Encyclopedia* :.

> Le parasitisme est une association permanente ou temporaire entre deux êtres radicalement différents, dont l'un, le parasite, ne peut survivre qu'aux dépens de l'autre, son hôte, qui lui assure toujours le « couvert » et parfois le « gîte »...

– Ça ne vous rappelle rien ?

> Le domaine de la parasitologie est extrêmement vaste ; ses conséquences intéressent non seulement la médecine, humaine et animale, la zoologie et la botanique, mais aussi l'agriculture, l'élevage et l'industrie... A de multiples reprises au cours de l'évolution, des êtres d'origines très variées ont opté pour ce mode de vie. En effet, du point de vue écologique, tout organisme végétal ou animal offre un certain nombre de « places vides », de « niches », que peuvent occuper d'autres êtres pour peu qu'ils possèdent les adaptations nécessaires pour y subsister. L'adaptation est la marque évidente du parasitisme plus encore qu'elle ne l'est pour la vie libre...

– Troublant, n'est-ce pas ?

Le médecin personnel dansait sur place.

> La vie offre bien d'autres types d'associations entre des êtres différents (mutualisme, inquilisme, commensalisme, symbiose, etc.). En réalité, il n'y a pas de frontières nettement tranchées entre les différentes étapes de la vie communautaire, et l'on passe insensiblement du parasitisme le plus strict à la symbiose la plus parfaite.

– … Troublant, vous ne trouvez pas, ce portrait de notre petite équipe ?

Il avait raison. L'évidence était là, aveuglante, étymologique, du grec *para*, « auprès » et *sitos*, « nourriture », « ceux qui se nourrissent aux dépens d'un autre ».

– Vous avez raison, Guy, tout à fait raison. Nous sommes… Ses parasites.

– Alors vous allez m'aider ? Un beau jour, bientôt, à la fin de Son mandat, nous nous disperserons. Et ce sera trop tard. Je dois auparavant recueillir toutes les informations. Le parasitisme modifie la morphologie. Écoutez ça.

> Le parasitisme tend à la suppression des organes de la vie de relation (organes des sens ; organes locomoteurs, circulatoires, respiratoires) et à l'hypertrophie de ceux qui assurent la fixation sur l'hôte, la nutrition et la reproduction. L'aboutissement ultime est, pour les Métazoaires, une sorte de sac informe, solidement ancré dans l'hôte et ne contenant que des œufs ou des larves. Les punaises de la famille des Réduvidés, vectrices du trypanosome américain de la maladie de Chagas, sont ailées, mais la punaise des

lits n'a plus que des rudiments d'ailes. Puces, poux et mallophages sont totalement aptères...

– Vous croyez que déjà, mes collègues... ? Enfin que leur corps, peu à peu...

– Peut-être, peut-être. Je n'affirme rien. Seulement des hypothèses, en bon scientifique. Vous m'aiderez, n'est-ce pas ? Il faut les convaincre de se laisser examiner. Surtout Ses plus anciens compagnons, ceux d'avant le palais. Déjà de vieux parasites. L'adaptation prend du temps. Ce seront les sujets pour moi les plus intéressants.

– Forcément.

– Oui, forcément. N'oubliez pas, l'important, c'est la fécondité. Renseignez-vous, s'il vous plaît, sur la fécondité de toute la Présidence. Je veux tout savoir, le nombre d'enfants de chaque conseiller, bien sûr, mais aussi les fausses couches, si leurs femmes utilisent ou non la contraception, et laquelle ? On vous parle, on vient vous voir ! Vous êtes un peu leur confident, n'est-ce pas, quand ils viennent vous demander de corriger leurs mauvais textes. Ils sont nus devant vous comme Lui devant moi. Alors, s'il vous plaît, aidez-moi. Pourquoi me regardez-vous avec cet air étonné ? Comment, vous ne saviez pas, pour la fécondité des parasites ? Mais, dans ce domaine, ce sont les rois, Gabriel. Les rois absolus. Tenez, le turbot, le champion des êtres « libres ». A peine un million d'œufs par an alors que pour le ténia, un minimum de quinze milliards. On parle sans arrêt de la reine des abeilles qui pond treize fois son poids, mais c'est une paresseuse comparée à l'ascaris : dix-sept mille fois ! De là à conclure que la fécondité est un signe de parasitisme… Vous connaissez des familles nombreuses au palais ? Mais non, commençons par le début. Systématique. Conseiller par conseiller. Alors, nous sommes d'accord, Gabriel ? Je peux compter sur votre participation ?

– Bien sûr, Guy, vous l'avez, totale. Et dès que je sentirai venir en moi une modification, je vous préviens.

– Parfait, parfait. Nous tenons une vraie piste.

Il partit rayonnant. Il avait glissé ses dossiers sous son bras gauche et se frottait les mains. Il parlait à voix haute, essayait des titres : « Physiologie des courtisans », « Courtisanerie, essai de physiologie » ? Non, trop prétentieux. « Les courtisans : essai de physiologie évolutive », voilà, ça c'est mieux.

Maintenant, il revenait plusieurs fois par jour, ses rouflaquettes en bataille.

– Vous allez voir, Gabriel, vous qui aimez tant Saint-Simon. Nous allons faire plus fort, bien plus fort, un Saint-Simon physiologique. Mais j'y pense, vous aussi, Gabriel, quoique célibataire… Vous êtes un monstre de fécondité, tous ces discours, ces milliers de pages. Vous êtes un monstre, Gabriel. Je ne m'en étais pas rendu compte jusqu'à présent. Un monstre, vous écrasez le turbot. Mes félicitations, et bon courage, et merci pour votre aide.

Gagné par son enthousiasme, je lui promettais de faire mon possible. On allait voir ce qu'on allait voir. Le corps allait reprendre ses droits au palais. Déjà que notre croisade amoureuse, « la campagne des anges violets », avait bouleversé nos habitudes et que certains conseillers, à l'image de Tout en Daim, interviewaient des Françaises, deux ou trois après-midi par semaine, dans des chambres du quartier (Résidence Saint-Philippe, Royal Alma, Waldorf Florida)... Guy avait raison. Un Saint-Simon médical. Je m'étais fait apporter des encyclopédies. A mon tour, je découvrais des merveilles.

Des voyages : le couple camélidé-poux thoracius habitait, au début des âges, l'Amérique du Nord. Quand le chameau décida de plier bagage, le poux fut bien forcé de suivre. Il traversa la mer, *via* le détroit de Béring, et visita toute l'Asie où il s'est aujourd'hui fixé. Des frères poux comme lui vivaient sur d'autres camélidés qui, eux, avaient choisi de marcher vers le sud. Ils s'établirent dans les Andes. Le poux est resté lui-même, mais le camélidé s'est peu à peu changé en lama.

Des cruautés : une fois la larve de Gordien entrée chez un ténébrionidé (coléoptère des régions sèches), elle le rend fou, le pousse au suicide par noyade car cette larve ne peut se développer que dans l'eau.

Des cycles admirables, des éternels retours : la douve de Chine est hôte successivement d'un mollusque gastéropode, d'un poisson cyprinidé mangeur de mollusques, d'un homme mangeur de cyprinidés avant de redevenir, *via* la diarrhée humaine, œuf et larve convoitée par le mollusque...

J'établissais des correspondances : la scolarité de mes collègues conseillers ne ressemblait-elle pas, trait pour trait, au trajet de « la petite douve » ? Elle investit une fourmi comme eux étaient entrés à l'ENA. Elle force cette fourmi à grimper en haut des graminées, tout comme eux avaient guerroyé pour gagner la tête de promotion, intégrer les grands corps de l'État. Et ensuite, plus rien à faire, fourmi et corpsard même repos. Seulement attendre, les bovidés se nourrissent d'herbe comme les ministres de grands corps. Un énarque en queue de liste, tout comme une fourmi à terre, n'avait que des chances infimes de devenir parasite.

J'ai failli appeler Guy. Mais l'heure était trop tardive. Il aurait cru à une urgence, une crise cardiaque de son unique patient. Et pourtant j'aurais voulu lui communiquer ma découverte, lui annoncer la bonne nouvelle, que notre Saint-Simon physiologique avançait à belle allure. Et aussi lui dire ma fierté d'appartenir à ce peuple merveilleux des parasites.

Le cours Albert-Ier n'a pas de numéros impairs. De l'autre côté, au-delà de la voie rapide et des marronniers, coule la Seine. Les imagiers travaillaient là, au numéro 36, l'ancien hôtel Fould, la maison voisine de l'ambassade du Brésil. Tout près, au 28, se tenait un meublé par lequel purent se sauver quelques personnes, le 4 mai 1897, lors de l'incendie du Bazar de la Charité. Le feu s'était déclaré dans une petite salle réservée à la grande nouveauté : le cinématographe. 125 morts, dont la duchesse d'Alençon, sœur de l'impératrice d'Autriche.

C'est un lieu de passage, personne ne s'arrête Cours Albert-Ier.

Depuis le début de « la campagne des anges violets », c'est là que j'ai rôdé, soir après soir. J'ai même failli lancer une mode, changer la géographie sexuelle de Paris : le désir est si lié au lieu ! Les homosexuels s'intriguèrent de mon manège. Ils étaient prêts à déménager du Trocadéro. Un puis deux, trois sont venus. Ils sont repartis très vite. L'embarcadère des bateaux-mouches jetait trop de lumière. Et les agents de police qui installent presque chaque soir leur radar au sortir du tunnel n'étaient pas la compagnie propice.

Avec ces gens du radar, j'avais fini par nouer des relations amicales. Nous nous tournions le dos, à chacun son travail, eux photographiaient les voitures trop rapides, moi je guettais le rez-de-chaussée du numéro 36. Mais, dos à dos, on peut parler. Ils me racontaient les anecdotes de leur métier, les drames avec les couples illégitimes. A cause des clichés. Certains clients revenaient négocier, ils offraient de l'argent, des sommes énormes pour la photo.

– Ça, si on voulait faire chanter ces citoyens-là, avec le numéro du véhicule, la date et l'heure, et les deux visages... On n'imagine pas le nombre de femmes à demi dévêtues qui circulent la nuit en voiture.

J'ai fait mine de n'y pas croire. Le lendemain, ils m'apportaient leurs archives personnelles. Une formidable collection de corsages entrouverts, de seins pointant, ou de poitrines à l'air, de mains d'hommes sur les tétons. Franchement, monsieur, comment peuvent-ils conduire, surtout à ces vitesses ? Et quand on ne voit pas de femme, ça ne veut rien dire, il y a beaucoup d'impatientes, elles se penchent pour la pipe. Elles veulent en finir avant le digicode.

« Tiens » ou « Mais ils sont trois ce soir », et je les sentais frémir. Ils devaient se lasser des excès de vitesse, ils devaient rêver qu'un jour je leur demanderais de retourner le radar vers les façades pour photographier le numéro 36. Mais peut-être cette terrible machine ne se déclenchait-elle qu'au passage de véhicules et refusait-elle de prendre les piétons et plus encore les sédentaires ?

C'était donc là, dans ce fameux rez-de-chaussée à côté de l'ambassade ensommeillée du Brésil qu'Hilditch et Tout en Daim forgeaient l'image du Président. Je pensais souvent à ce portrait de Louis XVI sur la pièce de monnaie et à cet homme de Varennes qui reconnut le fugitif. Le Roi eût-il été moins ressemblant que la fuite aurait réussi, et peut-être la face de l'Europe en eût-elle été changée. Le portrait du Président sera-t-il ressemblant ?

L'archiviste aurait bien aimé connaître les raisons de mes absences, la nuit. Elle appelait chaque soir, je le savais par le standardiste de permanence. A mon retour, il m'annonçait qu'une femme avait appelé, toujours la même, et avec les mêmes mots : bien sûr, le conseiller O. n'est pas là ? Le lendemain, elle me regardait droit dans les yeux.

– Où étiez-vous encore hier soir ?

Elle me croyait amoureux fou d'une journaliste de radio. C'était son obsession, les journalistes de radio. Je ne sais pourquoi « de radio ». Je préférais cette inquiétude-là. Tout plutôt que d'avouer la vraie raison de mes factions ridicules : attendre trois, quatre fois par semaine la sortie des deux imagiers en charge de l'image du Président… Comme si je n'avais que ça à faire !

La nuit passait, mais ils finissaient toujours par

pousser la porte. Accompagnés de filles que je n'avais pas vues entrer. Sans doute attendaient-elles encore plus que moi, depuis plus longtemps, assises dans la salle de réunions, au milieu des gobelets vides. J'imaginais leurs récriminations : « Écoute, il est minuit » ou « Si on allait dîner ? ». Les imagiers ne répondaient pas, plongés dans leur travail, et puis soudain « tais-toi » ou « prends la porte ». C'étaient des filles à avaler des couleuvres. Elles savaient que la concurrence était grande. Ce ne sont pas les blondes qui manquent dans les milieux de la communication.

Je scrutais les mains de mes amis, ils ne portaient rien, ils devaient laisser le portrait dans un coffre, le portrait-robot, le portrait du président idéal, le rêve secret de tous les Français.

Le lendemain, mine de rien, je les appelais :

– Alors, comment va le portrait ?

– Il avance, Gabriel, il avance. Ne t'inquiète pas, tu seras le deuxième à savoir, juste après Lui.

Notre Président devait commencer à s'impatienter. Quand on se regarde dans une glace, le visage arrive tout de suite, sans nous laisser le moindre répit, pas même le temps de se refaire une beauté. Pour le portrait-robot, il fallait attendre, attendre… Nos imagiers étaient des gens sérieux, des méticuleux. Ils plaçaient très haut leur métier, la Communication. Rien à voir avec les faisans multicolores qui hantent Roland-Garros ou le Grand Prix de Monaco. Hilditch and Key et Tout en Daim cherchaient l'histoire vraie de la France, et les « histoires vraies » ne se trouvent pas sous le pas d'un cheval.

– C'est ça la communication, Gabriel, trouver « l'histoire vraie » de chacun, homme, société ou produit.

Ils avaient une terreur, se tromper de portrait-robot, présenter aux électeurs un candidat dynamique et international, par exemple, alors que la France voudrait de la sagesse et du terroir. Ils me citaient un cas typique de ces erreurs dramatiques : Jimmy Carter. Les États-Unis souhaitaient de la virilité, on leur a fourni de la tendresse. Tu comprends, Gabriel ? Je comprenais. Il ne fallait surtout pas les déranger dans leur travail méticuleux. Voilà pourquoi je ne les regardais que de loin.

Au fond, cette lenteur m'arrangeait. Quand ils en auraient fini, ils me convoqueraient, me tendraient une liste :

– Voilà, Gabriel, les mots que le portrait-robot doit prononcer.

Je les connaissais déjà, ces mots : dynamique, entreprise, gagner, nouvelles frontières...

Ce n'étaient pas forcément les mots du Président.

Et comment j'aurais fait, moi, pour écrire des phrases à Lui avec des mots de sondage ?

Je savais qu'ailleurs dans Paris, exactement à la même heure, d'autres imagiers dessinaient le portrait-robot d'autres hommes politiques. Les imagiers ne travaillaient pour la politique que la nuit. Leurs journées étaient prises par le monde réel, l'image du yaourt Chambourcy chez les célibataires, le concept de dessous acceptables pour les femmes mariées...

A la prochaine élection, les êtres humains auraient à choisir entre des portraits-robots.

Je hélai un taxi. Et à peine lui avais-je indiqué ma route (le tour de Paris) que je lui demandai de ralentir, ralentir. Devant moi, à côté du conducteur, un chien-loup. Je l'entendais gronder. Je savais bien qu'il ne servait à rien de ralentir. Comme si l'on pouvait quelque chose contre l'avancée du progrès...

C'est peut-être cela que j'ai guetté, cours Albert-Ier, soir après soir et chaque fois avec le même serrement de cœur : le changement d'époque, l'irruption du calcul, de la prudence dans les rêves, la fabrication d'un président sur mesure.

Peut-être faudrait-il engager plus de policiers, qu'ils installent des radars partout, sur chaque chemin. Alors le temps prendrait peut-être peur, ralentirait enfin l'allure...

Quand, un jeudi après-midi, je m'en souviens avec la précision glacée qui éclaire certains rêves, au lendemain d'un Conseil des ministres particulièrement morose (trouverions-nous encore des moyens pour combler le trou endémique de la Sécurité sociale ?), quand j'ai entendu crier de joie le mesureur d'amour extérieur – il courait autour de la cour d'honneur, « la pente, la pente, cette fois nous remontons la pente ! », il criait « mes enfants, si vous saviez, quel beau sondage ! », il s'arrêtait hors d'haleine, il recommençait à courir et une à une les fenêtres s'ouvraient et les conseillers, les huissiers se penchaient –, alors, d'un coup, le charme, pour moi, s'est rompu.

Les « favorables » et « plutôt favorables » gagnaient six points. Il faut dire que depuis deux mois les imagiers avaient remis leur fameux portrait. Et Lui avait tout fait pour y ressembler, au portrait : parler verlan à la télévision, accueillir des étudiants au palais pour y discuter d'avenir, aller déjeuner à Beyrouth avec nos soldats menacés... Le goût de la jeunesse, le courage physique, la force tranquille retrouvée.

Sans oublier Son talent pour jouer avec les « présidentiables ». Quand l'envie de s'amuser Le prenait, Il convoquait l'un d'entre eux et l'entraînait dans un tour de jardin. Le Président parlait de la France comme d'une épouse à un collègue gynécologue du Rotary, ses secrets, ses humeurs, ses insupportables manies. Le présidentiable se choisissait l'air grave, les sourcils froncés, le menton haut qui siéent à un futur président et tentait d'interrompre, par quelques citations littéraires apprises la veille, le flot didactique. Mais sans succès. Alors le présidentiable regardait ses souliers, des souliers noirs bien cirés qui écrasaient les graviers comme autant d'obstacles minuscules au destin national du marcheur, avant de fouler le gazon, avant-goût de la gloire prochaine (quand on est Président, toutes les pelouses nationales, même plantées de marguerites, ne sont qu'un vaste tapis rouge). Quand la poussière (des graviers) et les gouttes d'eau (du gazon) avaient maculé lesdits souliers, le Président conduisait chez Lui son hôte. Et là, montrant le bureau d'où l'on dirigeait le pays, soudain affectueux, Sa main sur l'avant-bras du présidentiable et l'œil papillotant :

– Pour s'asseoir là, il n'y a que vous et moi.

Joie, pleurs de joie, carillons dans la tête, maman si tu voyais ton fils, le présidentiable quittait le palais sur un petit nuage. Et plus il appartenait à l'opposition, plus il chantait dans la ville les louanges de l'homme admirable qui l'avait reçu, « bien plus lucide qu'on ne le dit ».

Et chaque mois, un autre vieux jeune homme coureur de marathon à New York ou de misère au Bangladesh venait tourner à petits pas dans le jardin et rejoindre le club des vouzémoi.

Les imagiers pouvaient être fiers. Ils avaient trouvé la bonne histoire, celle que les Français voulaient entendre.

Ces bonnes nouvelles me délivraient. Délivraient de la séduction, puisque le Grand Séducteur séduisait à nouveau. Délivraient de ce climat moite, quasi thermal, d'amour de Lui, extérieur, intérieur. Je me sentais léger, rendu à la vie normale, relevé de mes vœux.

J'ai posé la plume, interrompu net mon texte du jour, au thème prémonitoire : message de félicitations au Conseil supérieur du notariat français pour le vingtième anniversaire du fichier central des dernières volontés. Et commencé mes valises, c'est-à-dire empilé des dictionnaires.

L'époque n'avait plus besoin de mots. L'époque était à la gestion. Et la gestion se nourrit de faits, non de ces petits morceaux de rêve que sont les mots. Je le soupçonnais depuis longtemps.

Les lundis, pour cause de petite balle blanche, mon ami le porte-parole se reposait. Ces jours-là, notre chef à tous deux jouait au golf et ce sport écossais a beau lentement se démocratiser, l'habitude n'est pas encore prise de commenter pour la presse les sorties de bunker (bac à sable) de nos dirigeants ou leurs promenades (involontaires) sur la voie ferrée Jouy-en-

Josas-Porchefontaine qui longe le démoniaque et interminable trou numéro huit du parcours appelé La Boulie.

Donc, les lundis, repos. Repos absolu des cordes vocales. Mon ami le parleur officiel ne prononçait, du lever du soleil à son coucher, en une sorte de ramadan lexical, pas un mot. Jachère pour lui d'autant plus nécessaire que la France s'intéressait de moins en moins aux discours politiques, et qu'il devait donc forcer la voix.

A cette cure de silence imposée par la Faculté s'ajoutait l'ingestion régulière de miel, des miels de toutes sortes, des variétés inconnues mais souveraines pour tous les organes de la parole, et qu'il répartissait équitablement dans les innombrables poches de sa parka.

Ce lundi-là, quelques semaines avant le miraculeux sondage, le porte-parole m'avait proposé une petite croisière fluviale jusqu'à Bercy.

Pour avoir relancé l'usage des coches d'eau, louons la municipalité. Il faut réapprendre à voir sa ville du fleuve, même si certains changements serrent le cœur, cette avancée inexorable des musées qui grignotent peu à peu le temps présent : regardez la gare d'Orsay, elle n'a pas fait long feu face à l'appétit des conservateurs, avalée cul sec par l'art du XIXe. Je ne donne pas cher non plus de l'École des beaux-arts. Un jour, on déplacera les Matisse en herbe sur le plateau de Saclay entre Polytechnique et les Hautes Études commerciales. C'est plus pratique là-bas d'enseigner le design. Et les locaux seront libres : encore des salles et des salles pour d'autres peintures. Il y a des moments, j'ai l'impression que notre capitale est en train de devenir un grand musée qu'on visite le jour en autocar et qu'on garde la nuit avec des lampes de poche.

A mes côtés, je sentais une vive agitation. Le porte-parole ne supportait déjà plus sa cure de silence. Il remuait, tressautait sur son banc de bois, m'agrippait le bras, le secouait, indifférent aux merveilles architecturales du quai d'Orléans, il dessinait dans l'air de Paris des signes incompréhensibles. Moi, de mon mieux, je tentais de le calmer, je lui rappelais les menaces des médecins : un jour sans mot chaque semaine sous peine d'aphonie perpétuelle, peut-être même de cancers... Il s'apaisait une seconde puis recommençait. J'avais bien sûr deviné son propos. Une fois de plus, il me parlait de sa femme, une excitante d'ailleurs, une brune à l'œil brillant, il était amoureux d'elle, amoureux pire qu'au premier jour et, au fond, se demandait pourquoi parler d'autre chose que d'elle, elle et sa manière d'éconduire les flatteurs, elle et ses tailleurs fuchsia, elle et ses longues cuisses, tu as deviné, hein, Gabriel, mon salaud. Depuis le temps de notre amitié, je comprenais ses mimiques et je hochais la tête, lui murmurais à l'oreille, oui, Julien, nous sommes d'accord, je suis d'accord, ta femme est la mieux, ta femme est la reine, mais pense à ta voix, pas un mot ce lundi.

Les passagers du coche ouvraient de grands yeux, sidérés de reconnaître celui qu'ils avaient vu la veille, au journal télévisé, si disert dans ses explications du missile SS 20 et maintenant empêtré dans la gestuelle chaotique des sourds-muets. L'un après l'autre, ils étaient gagnés par une franche rigolade. Les jeunes se poussaient du coude : tu vois, lui aussi, comme les chanteurs, quand ils passent à la télé, c'est du play-back...

Le chef de cabinet nous attendait sur l'embarcadère.

– Venez vite, nous sommes avec Tokyo, il ne manque plus que vous !

Et, sur ses petits pas accélérés de souris mécanique, nous traversâmes ces halls sinistres, ces déserts de marbre...

« Quelle haine de l'économie ! » s'était exclamé Jacques Attali quand on avait présenté la maquette du nouveau ministère des Finances.

Le bureau était plein, la petite foule habituelle : des chevaliers d'industrie, des manitous de la Haute Banque, des journalistes anglo-saxons, un producteur accompagné d'une actrice en Alaïa (le cinéma est un créneau porteur), rien que du sérieux, de la sentence, du prospectif, du qui pèse en chemise à rayures. Le ministre d'État, au téléphone, salua notre arrivée d'un léger battement de paupières (bienvenue-mes-jeunes-amis-au-cœur-du-pouvoir) et du pâle sourire des surmenés (ah-si-je-trouvais-quelqu'un-de-compétent-comme-j'aimerais-ne-serait-ce-qu'un-instant-oh-comme-j'aimerais-me-soulager-sur-lui-du-poids-du-monde-hélas-hélas).

– Alors, alors que dit Tokyo ? s'impatienta ledit ministre.

On avait ouvert le haut-parleur et « 7 3/4 » répondit Tokyo.

Comme Francfort, 7 3/4, et Londres, idem. Toutes les capitales avaient choisi leur taux d'intérêt : 7 3/4.

A ce moment-là, un fil-à-fil trois-pièces, de son métier gouverneur de la Banque de France et raidi dans un parfait garde-à-vous où des années de pratique avaient permis de glisser une infime mais réelle ironie, chuchota :

– Nous intervenons nous-mêmes à 7 4/5e, monsieur le Ministre d'État.

Durant de longues secondes, dans le plus parfait des silences (le chef de cabinet, d'un geste agacé, avait coupé le ronron du climatiseur), les dix doigts bien écartés sur son crâne et le regard fixé sur une médaille de bronze commémorant la dernière réunion à Bangkok du Fonds monétaire international, le ministre d'État réfléchit. Enfin, d'une voix lasse à mourir :

– 7 3/4.

– C'est la bonne décision, monsieur le Ministre d'État.

Et tandis que les applaudissements éclataient, on entendit des « très bien », des « courageux mais nécessaire », le gouverneur de la Banque centrale se cassa en deux, signa un papier, se releva et se prépara pour la poignée de main ministérielle illuminée par les flashes.

Au retour, dans le coche d'eau, un soupçon amer s'empara de nous. Et si le ministre d'État était un sage, s'il avait tout compris, si la politique moderne n'était que cela et presque rien d'autre : apposer sa signature sur l'air du temps ?

– Ainsi, tu nous quittes ?

Les collégiens ne marquaient aucun étonnement. Eux aussi songeaient à l'avenir. Ils me parlaient de chasseurs de têtes, ils me posaient tous la même question :

– Au fond, qu'est-ce que tu en penses vraiment, toi, du privé ?

Quand ils parlaient du « privé », on aurait dit soudain des vieux garçons, à je ne sais quoi, une espèce de peur, une teinte grise qui passait sur leurs visages, oui la peur et une odeur imperceptible, l'odeur de qui vit chez sa mère. Moi aussi je devais sentir la même odeur : les États du Livre ne sont-ils pas, à leur manière, une sorte de Fonction publique ?

Comment pouvais-je leur répondre ? Que connaissais-je, moi, de ce fameux « privé », l'autre monde, celui que les journaux, de plus en plus malveillants à notre égard, appelaient la « vie réelle » ? Quelques lieux communs, des images d'Épinal : une tour à la Défense, bureau paysager, climatisation, bras de chemise, télex brandis…

Pour finir, j'ai pris congé de l'autre peuple de mes amis, les gendarmes. Trente-cinq poignées de main viriles qui en feront cinquante-trois si les promesses qu'on m'a faites sont tenues, de saluer pour moi les absents, les malades, les vacanciers, les courageux en formation. J'ai dit merci, merci pour tout. Je leur en voulais un peu, même s'ils n'y étaient pour rien. Mes amabilités étaient un peu forcées. Mais peut-être que s'ils avaient moins sévèrement monté la garde, peut-être rien de tel ne serait-il arrivé. Ils avaient des ordres. Ils les ont appliqués. Étranges consignes, à y réfléchir : protéger de la vie ceux qui voulaient la changer.

Le soir tombait sur la cour d'honneur. J'ai refait dans ma tête la visite entière du palais, je n'avais oublié personne. Je les avais tous embrassés. J'avais promis de les soutenir. Et, une fois dans le taxi, en plus des sept valises de dictionnaires, je me suis aperçu que j'avais emporté un bottin, celui dont les pages sont jaunes. Je ne savais pas pourquoi, mais pour « aborder une nouvelle étape », comme m'a dit le Protestant en me souhaitant bonne chance, je faisais plus confiance aux pages jaunes qu'aux chasseurs de têtes.

Plus tard dans la nuit, je suis passé remercier le gardien de la Chambre, le passionné de Parlement. Souvent, il m'avait soutenu, m'envoyant des bristols couverts de citations quand il sentait que mon ardeur faiblissait.

> ARISTIDE BRIAND : « Eh bien ! messieurs, l'idée qui a inspiré mon message au peuple américain, c'est l'idée simple et claire, un peu mystique peut-être, de prendre la guerre au collet, de la présenter aux peuples comme une criminelle. » *(Vifs applaudissements unanimes)* (1er mars 1929).

> JULES FERRY : « Nous disons que l'instituteur [...] dans l'intimité quotidienne du maître et de l'élève,

> dans les plus simples devoirs, dans les récréations scientifiques, dans les promenades géologiques, dans tous ces petits exercices, à la fois hygiéniques pour le corps et salutaires pour l'esprit [...], nous disons que l'instituteur enseignera quoi? une théorie sur le fondement de la morale? Jamais, messieurs, mais la bonne vieille morale de nos pères, la nôtre, la vôtre, car nous n'en avons qu'une... » (10 juin 1881).

Il m'accueillit avec un sourire apitoyé.

– Vous partez, n'est-ce pas? Je m'en doutais. La Présidence n'était pas pour vous. Vous auriez dû travailler pour nous. Personne n'écoute le Parlement mais au moins on y aime encore les mots. Venez, j'ai découvert une merveille.

Je le suivis dans la salle des séances. Ses charentaises bordeaux ne faisaient toujours aucun bruit sur le marbre.

– Asseyons-nous, vous allez vous régaler.

Nous nous sommes installés côte à côte, au banc des commissaires. Il lisait en bougeant les lèvres.

> MAURICE BARRÈS : « Messieurs, on nous demande 35 000 francs pour porter Zola au Panthéon. Je crois que nous n'aurons jamais une meilleure occasion de faire des économies *(exclamations à l'extrême gauche et à gauche – applaudissements et rires à droite)* [...] L'homme que vous allez canoniser... »

Il s'était pris au jeu, il commençait à murmurer, de plus en plus fort.

« … a consacré sa carrière à peindre dans de vastes fresques les diverses classes de la nation… Ces vastes panoramas ont la prétention de nous donner la vérité. Ils sont au contraire, par abus du pittoresque, mensongers et calomnieux. »

Sa voix s'enflait. Il s'exaltait.

« Quel mal ils nous ont fait hors de France ! Il faut avoir passé à l'étranger pour connaître la difficulté qu'éprouvent nos amis à défendre la réputation de nos mœurs. »

Quand ce fut à Jaurès de répondre, pouvais-je me dérober, garder pour moi seul l'éclat des phrases ? Je déclamai.

« La gloire de Zola, son honneur, c'est de n'avoir pas conçu l'art à la façon de M. Barrès, comme une sorte d'étang mélancolique et trouble, mais comme un grand fleuve qui emporte avec lui tous les mélanges de la vie, toutes les audaces de la réalité. »

Après ces derniers mots de 1908, je me souviens que le silence, un terrible silence nous appuya sur le crâne. « Nous n'aurions jamais dû », balbutia le passionné du Parlement. Les cinq cents fauteuils rouges vides, la nation assemblée, nous toisaient sans complaisance. Je me souviens aussi qu'un chat blanc et noir descendit la travée de gauche, celle qui sépare d'habitude communistes et socialistes.

LES ANGES

Ceux qui connaissent l'État le savent : tout palais national a son chat, libre de circuler la nuit où bon lui semble.

…Quant à la paternité du retour d'affection, les avis divergent.

La thèse officielle, ressassée jusqu'à plus soif par les beautés du service de presse, développa une argumentation implacable et hautaine. Loin des facilités politiciennes et scrupuleusement fidèle à Son programme, Il avait choisi de conduire une action ambitieuse et de long terme. Un instant désarçonnés, les Français avaient commencé à percevoir l'ampleur et le bien-fondé du dessein présidentiel. Ils réalisaient que le pays marchait désormais d'un bon pas vers, si les efforts étaient maintenus, un horizon de plein emploi et de rayonnement mondial.

D'où Sa très sensible remontée dans les sondages. D'où la joie, pleurs de joie, de Jean, le mesureur d'amour extérieur. D'où sa récompense, une invitation à Sa table, en même temps que son idole, l'homme qui sait tout des femmes, Milan Kundera. Hélas, ce jour-là, le Grand Séducteur, conforté par toutes ces bonnes nouvelles, était en verve : l'auteur de *La Plaisanterie* et du *Livre du rire et de l'oubli* ne put en placer une. En conséquence, Jean n'apprit rien de plus sur les femmes, sauf, vu la morphologie du Tchèque, qu'elles devaient aimer les hommes à grand corps et yeux rieurs, deux caractéristiques que lui, Jean, ne possédait pas, et ne posséderait jamais, amère constatation vérifiée dans le miroir du salon des Cartes et vite chassée par la sortie d'un nouveau sondage plus délectable encore (glissement des « plutôt favorables » à « favorables » : un point).

La deuxième thèse, dite des professionnels, fait aujourd'hui les beaux jours des « Écoles internationales (ou européennes) de la Communication » qui pullulent dans notre vieux pays depuis la fin des années quatre-vingt. On y analyse, avec respect et minutie, la méthode élaborée par mes amis du cours Albert-Ier, on y raconte à voix basse tel ou tel épisode érotique de l'enquête préliminaire, tel haut fait de Tout en Daim qui donne aux jeunes filles un air rêveur abhorré par les garçons, on y désosse le désormais fameux portrait-robot et, batterie d'ordinateurs aidant, on y teste les variantes les plus saugrenues (effet d'un été pluvieux au lieu de sec sur le portrait ; répercussions sur le robot d'une grande crise internationale – pétrole menacé, Jérusalem en flammes –, toutes autres données inchangées).

Chaque matin, vers mai, juin, Hilditch et Tout en Daim reçoivent deux ou trois invitations à venir présider une remise de diplôme ou parrainer une « promotion» au nom pompeux: promotion Léonard de Vinci, promotion Marco Polo, promotion Jane Fonda, personnalités considérées comme fondatrices, sans doute, de cette nouvelle science, la communication. On l'aura deviné : mes amis refusent.

Sur la piste africaine, troisième famille d'explications de ce miraculeux retour d'affection, sur la piste africaine, je suis le seul Blanc. Mais notre conviction, jamais personne ne pourra nous l'arracher: sans le débarquement de l'Afrique, sans cette mobilisation fraternelle de l'élite du surnaturel, griots, marabouts et féticheurs, jamais, au grand jamais Il n'aurait remonté la pente.

L'Afrique dans la ville d'eaux… Les Vittellois, les Vittelloises se frottaient les yeux pour y croire. D'habitude, septembre est si calme, voire vraiment morne. Et là, coups de sifflet, motards, talkies-walkies, Renault 25 fendant l'air, gyrophares en folie, pavillons multicolores au vent, bien pire agitation que pour le Tour de France, contrôle à tous les coins de rues, montrer son badge de Vosgien pour aller chercher son pain…

Et tout cela pour ne rien voir. La hantise de l'attentat avait rendu fous les esprits policiers. De véritables armées, des gendarmes équipés de pied en cap, des gardes mobiles à fusil d'assaut défendaient la villégiature et des troupes d'élite patrouillaient sous les sapins. Heureusement qu'il ne pleuvait pas, tous ces militaires auraient raflé les cèpes, les girolles, c'était la saison.

Au loin, très loin, protégés par des barrières, barbelés et chicanes, les grands hôtels gris du Club Méditerranée, le huis clos où discutaient avec la France trente-six pays africains. Régulièrement, toutes les dix, quinze minutes, un photographe tentait de franchir le barrage. Il sautait, il courait dans un grand cliquetis d'appareils. Il courait, il courait, il hurlait laissez-moi faire mon métier. Dans la seconde, il était rattrapé par les gardes, ramené par la peau du cou jusqu'à la meute de ses collègues, une centaine d'encolérés qu'avaient rejoints quelques curieux du cru, lecteurs de *Point de vue*, anciens de la coloniale qui pointaient sur le Club leurs jumelles kaki de chasseurs, ou noires de turfistes, et se nourrissaient de miettes.

Au loin, très loin, les rois, personnages miniatures en grands palabres, boubous bleus, gandouras, uniformes, treillis, chèches et calottes léopard, des santons tropicaux, changeaient des habituelles blancheurs vittelloises, les processionnaires pâles, les peignoirs des curistes...

A l'Aubergade, avenue des Tilleuls, quartier général de la presse écrite, trois couverts au Michelin, l'ambiance n'était pas non plus joyeuse Pourtant les hôteliers se mettaient en quatre, journée continue pour les fourneaux, lapin moutarde, andouillette, brochet Nantua à toute heure, sans compter la cave, inépuisable en rouges de Loire et pinots gris. Mais ce sommet lointain, cette rencontre confisquée par le Club Méditerranée restait en travers de toutes les gorges, gâtait les appétits. Le seul bon moment fut la séance inaugurale, la bévue protocolaire retransmise en direct par un circuit vidéo mouchard. A la droite du Président s'assied le ministre français des Affaires étrangères, à sa gauche le ministre français de la Coopération. Le Président les regarde, l'un après l'autre et, glacé :

– Que faites-vous ici ?... Ce sont des bêtises... Cela n'a pas de sens.

Et sitôt les travaux ouverts, Il renvoie les deux impudents, illico remplacés par un maréchal du Zaïre et un vieux sage ivoirien.

Pour le reste, rien mais rien à se mettre sous la plume. Comment intéresser indéfiniment les lecteurs aux tractations sur la bande d'Aozou, petit rectangle de pierrailles entre Tchad et Libye ?

Moi aussi, j'attendais.

Hampaté-Francis m'avait juré ses grands dieux, ses puissantes et sourcilleuses divinités d'Afrique, que je pouvais compter sur lui, qu'il s'occupait de moi et de mes problèmes d'anges violets. Mais depuis qu'il avait pour métier les sentiments et non plus les louanges, il avait perdu beaucoup de sa fiabilité.

J'avais dédaigné la chambre que l'on m'avait réservée près de Lui, et installé mes pénates à l'Orée du Bois, route de l'Hippodrome, vers Houécourt, un établissement discret propice à nos projets. Lucienne, sur mes conseils, avait choisi de même. Et elle ne chômait pas. Depuis la fameuse prédiction à l'homme intègre Jean-Baptiste Ouedraogo, sa réputation s'était étendue sur tout le continent noir. Je crois qu'ils sont tous venus route de l'Hippodrome, l'un après l'autre et très incognito, sous couvert de

« contacts bilatéraux », oui tous venus lui rendre visite dans sa chambre n° 10 à fleurs pour lui poser tous la même question : qui veut ma place ? Tous, même Sir Dawade Jawara de Gambie, Hassan Gouled Aptidon de Djibouti, Juvénal Habyarimana du Rwanda, tous, même Thomas Sankara, le fringant capitaine en treillis, le très frais remplaçant d'Ouedraogo. Je me mets à leur place : la liste est longue des rois chassés de leurs trônes durant leurs absences.

Moi, pour tuer les heures, je dévorais méthodiquement la petite bibliothèque vitrée de l'hôtel, rien que des ouvrages Plon jaunis à liserés verts, collection « Feux croisés » : Cronin, Mazo de La Roche, Daphné du Maurier. Vautré dans mon fauteuil crapaud à fleurs, je me sentais anglais, ou plutôt anglaise, reprenant des forces et de l'inspiration avant le prochain championnat de confitures.

De temps en temps, Hampaté m'appelait. Un Africain pour vous, me disait l'hôtesse tout sourire en tendant le combiné.

– Calme-toi, patron. Les préparatifs sont méticuleux et l'affection va revenir. Ton impatience est mauvaise, l'affection n'aime pas tes ondes.

Je raccrochais sans rien dire. Je ravalais ma fureur. Je tentais en pure perte de limiter mon émission d'ondes angoissées…

Entre deux voyances, Lucienne venait me rejoindre au salon. Elle aussi devait éteindre des ondes, celles du client qui venait de partir, avant de passer au suivant. Alors elle se mettait au piano, un vieux quart de queue désaccordé. Elle fredonnait quelques souvenirs, des airs d'opérettes ou de films, les succès de Maurice Yvain *(Ta bouche)*, de Georges Van Parys *(La Complainte de la butte,* celle que chante Cora Vaucaire dans le *French Cancan* de Renoir). Le personnel de l'Orée du Bois venait tendre l'oreille. Et tout redevenait comme avant. Bientôt, je la prendrais par la main. Elle minauderait, Gabriel, tu n'y penses pas. Je lui répéterais que :

1) la peau des femmes d'âge m'émeut plus,

2) toute cette vie en elles amassée m'aide pour mes autobiographies.

Ils sont arrivés au milieu de la dernière nuit, quand je ne les attendais plus, tous les griots et marabouts disponibles du dixième Sommet franco-africain, une quinzaine de boubous, blancs, jaunes, bleus, accompagnés de trois demoiselles noires et d'une blanche, les uns portant les instruments de musique, coras, balafons, violons riti et tambours, les autres des cabas en rotin, et animés, à les entendre, des meilleures et bruyantes intentions. Avertis par le fracas, M. et Mme Niçois, les hôteliers, dégringolèrent en tenue nocturne l'escalier, grimacèrent, leur souhaitèrent la bienvenue, et que pouvons-nous faire pour vous ? Ils répondirent : « Champagne ! », et déjà Hampaté les entraînait vers l'orgueil de l'Orée du Bois, la salle équipée de toutes les modernités, micro, paper board, rétroprojecteur, moquette aux murs, réservée pour les séminaires de technico-commerciaux. M. Niçois examinait. horrifié, le contenu des cabas, les ingrédients traditionnels de la magie, fœtus séchés d'agneaux dont les jambes dépassaient, chauves-souris mortes, pattes de lapins, branchages divers, mâchoires de requins, deux poules vivantes et gloussantes, l'ensemble mêlé à tout un bric-à-brac de France : Lagarde et Michard du XVIIe siècle, tour Eiffel dorée, urne électorale grandeur nature...

Je leur souhaitai bonne chance et merci messieurs, mesdemoiselles. Je les entendis fermer le verrou. Déjà la musique commençait, le tam-tam. J'ai reconduit à leur chambre les Niçois, des braves gens, la femme rassurait son mari : née à Dakar, elle connaissait la vie noire. Et je suis entré chez Lucienne. Je l'avais assignée à résidence. Je craignais que tous ces magiciens ne lui fassent un mauvais sort, par jalousie de sa voyance d'abord, et surtout depuis qu'elle avait averti le premier des Nigériens, Seyni Kountché, que son marabout chéri, l'honorable Bonkrano, en ce moment même fourbissait des armes contre lui.

– Tout va bien ?

Sa voix était douce, maternelle dans la pénombre.

– Le retour d'affection est commencé.

Jusqu'ici, je n'ai pas avoué le plus étrange, une conduite peu compatible avec ce que l'on attend généralement d'un haut fonctionnaire français, en bref, une aberration pour nos esprits blancs amoureux de la Raison et qui en meurent. Mais l'heure des confessions complètes a sonné. Certains secrets, quand ils s'apparentent à la honte, émettent à flux régulier des ondes néfastes, comme disait mon griot, des ondes aussi capables que les termites de ronger le monde. Voici donc Gabriel prêt à tout dire.

Hampaté m'avait remis une « shopping list », essentielle à ses dires pour le retour d'affection, sept fragments de Lui pour renouer le lien rompu avec la France. Alors Gabriel se mit en chasse et passa les deux mois précédant Vittel à constituer cette sorte de trésor.

Pour les deux premières demandes, aucun problème. Il me suffit d'écrire au préfet de Charente, sous prétexte d'exposition commémorative, pour recevoir par retour, avec l'expression de sentiments dévoués, la photo de Sa mère (Yvonne, née Lorrain), et celle de la maison où Il naquit (22 rue Abel-Guy, Jarnac, Charente).

Pour les deux suivantes, je n'eus qu'à forcer ma nature et voyager. D'abord en Nivernais, agréable région, toute de bois et vallonnements, d'où Il était parti à la conquête du pays. Là, un beau soir, au plein cœur de Son ancienne circonscription, je m'approchai de la rivière Thouin et emplis de son eau une petite fiole, comme il m'était prescrit. A peine m'étais-je relevé que deux pêcheurs surgis de nulle part me sautèrent sur le râble et, me prenant pour un fonctionnaire de l'Environnement, m'agonirent d'insultes.

– Ce n'est pas trop tôt, depuis le temps qu'on vous écrit. Alors, vous allez les mettre en tôle, ces cochons de pollueurs ?

Désormais averti, je pris plus de précautions dans ma seconde étape, d'ailleurs beaucoup moins plaisante. Épinay, où Il s'était saisi du Parti socialiste, moteur de Son Ascension. J'attendis la pleine nuit et, ni vu ni connu, me glissai entre deux péniches pour garnir de Seine puante l'autre fiole.

J'avais mangé mon pain blanc.

Restait la suite, le principal : trois preuves irréfutables de Son amour pour les êtres humains. Les femmes ? J'avais le choix. On lui prêtait des conquêtes innombrables. Mais quel rapport y a-t-il entre aimer et conquérir ? J'eus la chance de récupérer un jouet, un canard en Celluloïd qu'Il avait offert à Sa petite-fille après son terrible accident et que, rétablie, elle délaissait. Je L'avais souvent croisé, à ce moment-là. Sa détresse m'avait bouleversé.

En matière d'amitié, j'hésitais entre les cimetières : la mort s'était acharnée sur Ses plus vieux compagnons. Je me décidai pour Montparnasse. Un petit sachet de terre grattée près de la tombe de Georges D.

Enfin, pour l'ultime et peut-être le principal, l'amour de Soi, joua la franc-maçonnerie du vélo. *Via* l'huissier cycliste, Son coiffeur (également bon rouleur) me remit une mèche de Ses cheveux teints.

Ce qu'ils ont pu faire jusqu'au matin, marabouts, champagne, filles et sept reliques, je ne le saurai jamais. Les impressions auditives sont souvent trompeuses. Et de tous les bruits divers, rires, râles, gloussements, cavalcades, caquètements, hurlements, percussions et mélopées, qui ont secoué toute la nuit l'Orée du Bois et que nous avons entendus, Lucienne et moi, elle sereine et moi torturé d'impatience, allongés côte à côte, elle sous la couette rose de la chambre 10 et moi dessus, on aurait pu conclure à une orgie tropicale. Particulièrement réussie. Moi seul savais qu'il s'agissait de la France. Et d'un retour d'affection.

L'ouverture de la salle réservée aux séminaires m'a fait sursauter. Je crois que je m'étais assoupi. Les officiants titubaient, épuisés. Gabriel les a remerciés chaleureusement, solennellement, la France ne l'oubliera pas, mesdemoiselles, messieurs. Une flotte de Mercedes les attendait. Avant de les rejoindre, Hampaté m'a pris à part :

– Nous avons fait notre possible, crois-moi, tout notre possible.

– Je sais, Hampaté.

– Mais ton pays est embrouillé, Gabriel, quasi vicieux. C'est dur de s'y retrouver dans vos ondes. Alors, j'espère que les Français vont retrouver le chemin de l'amour, mais sans garantie…

J'ai agité la main. Je ne m'étais pas aperçu que les Niçois m'avaient rejoint, pyjama et chemise de nuit. Eux aussi agitaient la main. Mme Niçois m'a pris le bras :

– Allez, ce serait trop bête de prendre froid. Tout le monde aux cafés.

Et comme je résistais, continuais de regarder la route entre les sapins où le cortège des marabouts avait disparu depuis longtemps :

– Vous êtes comme moi, hein, monsieur Gabriel, on a beau faire, c'est plus fort que soi, le besoin d'Afrique.

Envoi

Qui a écrit la Bible ?

Chaque été, je m'accorde quelque divertissement. Je quitte l'univers un peu lassant de mon métier (encore et toujours les autobiographies) et je reprends mon enquête théologique. Pour renouer le fil, je me replonge dans les grands textes : la distinction de saint Thomas entre cause principale (Dieu) et cause instrumentale (l'écrivain). Les conclusions du concile de Florence (1441) : l'inspiration est dogme de foi. La mise au point de Léon XIII : depuis dix-neuf siècles, on parle de cette inspiration divine, mais au fond, qu'est-ce ?

> Car, en vertu de sa puissance surnaturelle, [Dieu] les a mus et poussés à écrire, Il les a assistés durant qu'ils écrivaient, de telle manière qu'ils ont, d'abord, bien compris les choses qu'Il leur commandait d'écrire, et celles-là seulement, puis ont voulu les mettre fidèlement par écrit, et enfin leur ont donné une expression appropriée, conforme à une vérité infaillible. Sinon, on ne pourrait pas dire qu'Il a éte

l'auteur de l'Écriture tout entière. *(Encyclique Providentissimus Deus.)*

Chaque année, trois semaines de paternité littéraire : je m'en sens plus calme, plus assuré de moi-même. Et, ces derniers temps, avec la théorie de l'« approbation subséquente », il me semble approcher de la Vérité. Le Livre est d'abord l'œuvre d'hommes. Il n'est qu'ensuite approuvé par Dieu qui le déclare, directement ou par l'intermédiaire de l'Église, exempt d'erreurs. Cette conception des choses, qui conserve son autonomie créatrice à l'écrivain mortel, me convient. Un jour, quand je me sentirai assez sûr, j'irai la soumettre au feu des dominicains de Rome ou de Jérusalem…

Rituellement, vers le 12 ou le 13 août, à l'orée du week-end le plus férié de l'année, on m'appelle de la Présidence. Et, comme autrefois, j'accours.

Quand le haut fonctionnaire Hubert V. (ou le haut fonctionnaire Philippe D. ou le haut fonctionnaire Daniel B.) a fini de caser dans sa Renault Espace toute sa petite famille et le chevalet de sa femme peintre et le télescope de l'aîné et les malles miniatures de vêtements Barbie, il s'approche de moi, il murmure :

– Merci. La politique est terrible pour les couples, tu sais. Sans vacances communes, mêmes brèves…

Je hoche la tête, je réponds que c'est la moindre des choses de s'entraider entre mariés et célibataires.

– Qu'est-ce que vous complotez encore ? demande la femme peintre.

Le haut fonctionnaire s'installe au volant, baisse sa vitre :

– Et puis, ça Le rassure d'avoir une plume sous la main. Au cas où...

Il démarre. Les enfants agitent la main. Ils doivent se demander qui je suis. Un monsieur étrange, qui aime plus Paris que la plage.

Peut-être aurais-je dû cesser de hanter ce quartier ? Mais est-ce ma faute si les États du Livre sont truffés de ministères ? Ou l'inverse, si les ministères ne sont que des faux nez d'éditeurs ? Cette géographie n'est pas une excuse, je le sais bien. J'aurais dû couper les ponts. Net. Un beau jour. Et en ce moment je prendrais peut-être de vraies vacances, entouré d'une vraie famille, au lieu de me tenir là, debout, sous un drapeau bleu, blanc, rouge, au beau milieu d'un perron d'honneur.

Ces remplacements sont mes périodes militaires. Je suis des yeux la Renault Espace jusqu'au moment où, après avoir franchi la grille, elle disparaît au coin de la rue du Faubourg-Saint-Honoré. C'est alors que je me sens suisse, c'est-à-dire heureux. Les Suisses font chaque année des périodes militaires.

On profite de Son absence pour retaper Son bureau : redorer les lambris, repeindre les huisseries, remplacer dans Son parquet quelques lamelles défaillantes. C'est là que je m'installe, les corps de métier ne me gênent pas, dans un fauteuil pliant.

Le chef de chantier est un Catalan, un costaud, toujours en cravate frappée d'un ballon ovale (Fédération française de rugby). Chemise claire à manches courtes, brosse courte et drue, sourire aux lèvres façon Gilbert Bécaud. J'ai souvent l'impression qu'il va poser la main contre son oreille droite, chanter *Et maintenant* ou *La place Rouge était vide, devant moi marchait Nathalie...*

On a déménagé tous les meubles, sauf les deux globes géants, la mappemonde et le planisphère céleste.

Dans un coin, comme dans les chambres d'enfants, un amas de cubes multicolores, ivoire, noir, bleu, rouge, les lignes directes avec les principaux pays du monde : à même le sol, des téléphones. Autrement, la pièce est vide. De temps en temps, l'un des cubes sonne. (Ces lignes sont tellement secrètes, on ne doit plus savoir comment les couper.) Bien sûr, je ne réponds pas, j'ai bien trop peur. Peur de ne pas trouver les mots pour dialoguer avec les gloires d'aujourd'hui, M. Major, Bill Clinton... Ou celles du passé. Les anciens chefs d'État doivent appeler, eux aussi. Comme au bon vieux temps de la guerre du Golfe. Ils s'estiment toujours membres du même club des Grands, ils ne savent pas que leurs noms ont été avalés par les années, qu'ils se mêlent désormais à ceux d'anciens chanteurs, Lyndon Johnson, Ricky Nelson, Harold Wilson, Cliff Richard... La notoriété mélange tout, et puis tout s'efface. Je prends sur moi pour ne pas me lever et courir vers ce combiné qui crie au secours. Il faut savoir rompre avec sa jeunesse.

Le spectacle de la grosse mappemonde vert et bleu me donne, chaque fois, des envies d'hélicoptère. Quand j'oserai, pour prix de mes services, au lieu d'une décoration, je demanderai à survoler lentement les pays voisins du nôtre. Comme je me suis initié de haut à l'Alsace, à l'Anjou, j'apprendrai les terres ocre de Sienne, les îles basses de Frise, les plateaux jaunes de Leon et Castille où les taches noires sont des taureaux .. J'aime bien que la France appartienne à l'Europe : plus le temps passe, plus je recherche et savoure les appartenances.

Un jour, invité par le Conseiller Spécial, Fernand Braudel était venu déjeuner au palais. Nous devions discuter d'un projet destiné à ancrer à jamais notre patron dans le monde intellectuel : un entretien entre le Grand Historien précité, le Grand Biologiste François Jacob et le Grand Président de la Grande République française sur le thème modeste : « Qu'est-ce que l'homme ? » Le journal *Les Nouvelles littéraires* se proposait de publier ces échanges.

Après le café, je raccompagnai Fernand Braudel. Je priai un chauffeur de bien vouloir reconduire chez lui notre ami. Et comme j'ouvrais la porte arrière :

– Non, je monte devant. Il me reste peu à vivre. Je veux regarder Paris jusqu'au dernier moment.

Une semaine après, M. Braudel était mort.

Le 15 août, vers midi, Marguerite me rend visite. Elle a son air sombre des mauvaises circonstances. Je ne sais pourquoi, mais les cérémonies fêtant l'Assomption de la Vierge lui donnent le cafard. Elle se présente à moi, sans robe pimpante, sans échantillons de médicaments, une vieille dame seule, avec son âge, son grand âge pour unique compagnie. Cette année la vieille dame m'a regardé droit dans les yeux.

– Qu'est-ce que tu as contre le monde réel, Gabriel ? S'il te plaît, j'aimerais bien que tu naisses avant que je meure.

Je lui ai promis de faire mon possible. Il y a des cours pour tout aujourd'hui, toutes sortes d'options, par exemple l'accouchement sans douleur. Il serait étrange que ce déferlement pédagogique ait oublié les enfants tardifs. Ils ne demanderaient pas mieux que de naître si on leur donnait deux, trois recettes. Elle m'a quitté en m'embrassant, mais pas trop rassurée, avouons-le.

Tout est vide. Ne reste que mon fauteuil sur ces étendues de parquet, un fauteuil de metteur en scène. Un jour, il faudra que je peigne un nom sur le dossier de toile. Un nom, d'accord, mais lequel ?

Tout est bien, tout est doux. Il suffit de fermer les yeux, et c'est un bord de mer. Des enfants se poursuivent en criant. Des adultes jouent à la pétanque : de temps en temps, des applaudissements montent après le claquement sûr d'un « carreau ». Pour chaque point, ils discutent, ils mesurent, les gendarmes sont des méticuleux.

Pendant ce week-end très férié, les gendarmes en prennent à leur aise avec le Protocole. Ils invitent leurs amis et les gamins de leurs amis à venir goûter la fraîcheur du parc. La Présidence est devenue colonie de vacances, home d'été, comment leur en vouloir ?

Je les entends, mes gendarmes, ils parlent de choses et d'autres, de retraites, d'indices, je ne comprends pas tout. Ils parlent aussi de moi, de ma manie des discours. Mon obstination à écrire de la politique les sidère, vu le prix qu'on paie les auteurs dans d'autres secteurs, le cinéma par exemple. Cet homme-là a sa place dans un musée, c'est leur conclusion.

Chaque soir, à 18 h 55, fin des travaux. A 19 heures précises, injures en plusieurs langues : le chef de chantier-rugbyman convoque ses corps de métiers et gueule. Un à un les corps de métiers en prennent pour leur grade et quittent le palais tête basse.

Quand la nuit tombe, le chef de chantier s'installe dans le hall d'honneur, une grande table noire à tréteaux en bas de l'escalier autrefois recouvert du tapis rouge. Il ouvre les portes vitrées à cause des courants d'air : il fait si chaud cet été. Alors, de temps en temps, les papiers s'envolent. Il s'accroupit, les ramasse lentement. On dirait qu'il y prend plaisir, que le courant d'air est sa récréation, son seul repos de la journée. Et le téléphone sonne, l'ancien téléphone des huissiers. Le chef de chantier se lève, décroche, parle à voix basse, mais tout résonne dans ce palais désert. Il parle à sa fille, une Judith, je lui donne sept, huit ans. Mais bien sûr que je t'aime Judith. Non, je ne peux pas revenir à la maison, tu le sais bien. Mais on se parle plus qu'avant, quand j'étais là, on s'aime bien plus. Je te verrai dimanche, Judith, dors bien, dors bien, dors. Il baisse peu à peu la voix. Il lui apprivoise doucement la nuit, raccroche. Judith rappelle. Et c'est ainsi qu'il travaille tard, très tard, entre les courants d'air et les appels de Judith. Deux fois, il s'est endormi sur ses plans. Et le téléphone a sonné, sonné. Le lendemain matin, je n'ai pas osé lui proposer d'essayer à mon tour de consoler Judith.

Attention, que l'on ne s'y trompe pas, Gabriel n'a rien perdu de son zèle ancien. Entre ses rêves, il travaille. Il sait la bousculade qu'est toute rentrée. Il prend de l'avance. Il rédige des textes qui pourront toujours servir, des réponses rituelles aux questions lancinantes : l'effort nécessaire de solidarité pour venir en aide aux régimes de retraite, la mobilisation générale pour l'emploi des jeunes, la Libye doit savoir que la France garantira l'intégrité territoriale du Tchad, l'action humanitaire est-elle un substitut à la diplomatie traditionnelle ? (etc.). Quand il repartira, le 16 ou le 17 août, vers ses États du Livre, Gabriel glissera toutes ces feuilles sous la porte de son successeur scribe. Cadeau. On me dit qu'il est charmant, capable. Mais il a une femme, deux enfants : ce n'est pas un vrai fantôme.

Avouons-le, sans doute influencé par l'endroit où il se tient, Gabriel songe à quelque chose de plus grand. Un hommage, en dépit des modes, à la Chose publique. Un appel du 15 août, sur le modèle de celui du 18 juin 1940. Souvenez-vous des mots du Général :

> L'espérance doit-elle disparaître ? La défaite est-elle définitive ? Non !
> Croyez-moi, moi qui vous parle en connaissance de cause et vous dis que rien n'est perdu pour l'action politique.

D'accord, *« changer la vie »*, le programme était un peu vaste. Mais pourquoi l'effondrement du communisme interdirait-il les ambitions collectives ? Le mot « ensemble » est-il désormais rayé du dictionnaire ?

Les gardes lui ont proposé une table. Mais Gabriel préfère écrire ce futur texte-là sur ses genoux, comme un voyageur, pour se forcer à l'inconfort, pour brider en lui la tentation (toujours présente) du grandiloquent.

Vers 4, 5 heures, j'entends des pas, c'est l'archiviste. Je voudrais bien connaître un peu plus de sa vie, savoir par exemple pourquoi elle reste à Paris au milieu du mois d'août. Mais, non sans effort, je m'en tiens à la règle d'or : ne jamais poser de question à la femme mariée. Elle m'embrasse sur la tête, elle me caresse les yeux.

– J'ai laissé ma fille en bas. Je n'ai qu'une minute.

En août, comme les autres mères, elle laisse toujours sa fille en bas et n'a jamais qu'une minute. Je pose mon crâne sur son ventre et j'écoute, j'écoute la voix de sa fille, la plus aiguë du groupe. Une minute passe.

– Mon Dieu, l'heure…

Pauvre archiviste, avec ce temps qui ne tient pas, tous ces bouleversements quotidiens, ce mur de Berlin qui s'écroule, cette Algérie qui implose, ce présent à peine apparu déjà relégué. Alors elle court, elle s'épuise, toujours à classer, étiqueter, une tâche sans limites. Rien n'est plus épuisant que le travail d'archives lorsque l'époque galope.

J'aimerais tant qu'elle laisse filer un jour, qu'elle s'accorde, qu'elle m'accorde – quel joli mot qu'« accorde » – un jour de vacances, qu'elle l'abandonne à son destin d'éphémère, pas de traces, pas de code, aucun moyen de le retrouver jamais ce jour-là, sauf dans la mémoire, oui, le souvenir d'un jour à jamais disparu, le jour où l'archiviste accepta de prendre, juste vingt-quatre heures, congé du temps qui passait.

En bas, Constance pleure. A peine arrivée, on vient de l'arracher à ses jeux. Décidément, quand je ne serai plus scribe, j'inventerai des histoires pour consoler toutes les petites filles qui pleurent : Constance, Judith… Cette douce pensée, cette future odeur de savon, le contact des petits doigts potelés me consolent de toutes les séparations, présentes et à venir.

Assis sur son faux siège de metteur en scène, Gabriel sourit et continue d'agiter la main alors que la pièce est redevenue vide depuis longtemps. Il commence à comprendre pourquoi les humains se battent pour entrer dans l'Histoire, pourquoi les enfants aiment tant qu'on leur raconte, pourquoi les vieillards se réfugient dans la lecture des biographies. A ces trois questions, la réponse est la même : rien ne vaut d'habiter un ventre, et toute histoire, grande ou minuscule, est une mère du monde.

Achevé d'imprimer le 26 mai 1994
sur presse CAMERON
dans les ateliers de la S.E.P.C. à Saint-Amand-Montrond (Cher)
pour le compte de France Loisirs
123, boulevard de Grenelle, Paris

N° d'édition : 24036. N° d'impression : 1393.
Dépôt légal : mai 1994.
Imprimé en France